每个人在本质上过的是一样的日子，不一样的是你的心能感受什么。

我们都是天天想着看世界，却又被假期和钞票捆着手脚的那类人。

我要的不是成功，而是生活的乐趣和生命的奇迹。

也许我改变不了什么，但就是想努力看看，自己的人生，究竟有多少种可能。

我们在人群中沉默，却有着自由不羁的灵魂。

世界那么大，风景那么美，机会那么多，人生那么短。

世界那么大，我想去看看

窝窝／著

古吴轩出版社
中国·苏州

图书在版编目（CIP）数据

世界那么大，我想去看看／窝窝著．—苏州：古吴轩出版社，2015．7

ISBN 978-7-5546-0446-5

Ⅰ．①世… Ⅱ．①窝… Ⅲ．①游记—作品集—中国—当代 Ⅳ．①I267.4

中国版本图书馆 CIP 数据核字（2015）第 088660 号

责任编辑：徐小良
见习编辑：顾　熙
策　　划：乐　斯　程　程
封面设计：沈加坤

书　　名：**世界那么大，我想去看看**
著　　者：窝　窝
出版发行：古吴轩出版社
地址：苏州市十梓街458号　　邮编：215006
Http://www.guwuxuancbs.com　　E-mail：gwxcbs@126.com
电话：0512-65233679　　传真：0512-65220750
出 版 人：钱经纬
经　　销：新华书店
印　　刷：北京凯达印务有限公司
开　　本：900×1270　1/32
印　　张：9.25
版　　次：2015年7月第1版 第1次印刷
书　　号：ISBN 978-7-5546-0446-5
定　　价：36.00元

远方并不是脚到达的地方，
而是心超越的地方。

The world
is so big,
I want to
have a look

序

世界这么大，我想去看看

古龙的小说读了不少，每一本都能扣住我的心弦，但是喜欢归喜欢，却说不出最喜欢的一本，倒是古龙这个人，是我欣赏的男人类型。他的才华横溢，他的不羁多情，他的剑胆琴心，还有他的深邃孤独和骨子里透出的叫人怜惜的伤感。

他写过一首叫《风光》的诗：王孙公子裘马轻，马后仆从众如云。鞍旁一壶花雕酒，行前轿中是美人。

这是他心中绮丽的风光。

这个男人，一生都离不开酒和女人，幸亏他不是我的丈夫，但有时却会遗憾他不是我的男朋友。他希望人生充满快乐，不怕人家笑他庸俗，喜欢写快乐的结局。我们看他像看一个悲剧，但当他浪子情怀爽快饮酒的时候，心里应该是欢喜的吧。

我有时候常常会想，自己是不是生错了时代，明明是该在某个遥远的春天，策马狂奔在开满鲜花的原野；或是在某片青翠的竹林，和阮籍嵇康臧否人物，喝得酩酊大醉，长啸可以震落林中的小鸟；或是藏匿在白雪皑皑的山间，行侠仗义……

可能因为心中总有一个江湖梦，所以才会对古龙这样的浪子，生出无限好感。有时想，之所以迷恋他的文字，可能是迷恋他构建的那个江湖，哪怕有血雨腥风和是非恩怨，但起码有自由自在的行走。

周作人说："遍现有生，唯人最长生。蜉蝣及夕而死，夏蝉不知春秋。倘若优游度日，则一岁的光阴也就很是长闲了。"人这一生，若不能看看这个世界，哪怕没闲过一天，也是荒废。

也许无数次的旅行也不能把我们从自己亲手打造的牢笼中解救出来，但至少有了一个属于自己的江湖，不管是古道西风瘦马，还是小桥流水人家，不管是杏花烟雨江南，还是长河大漠落日，都是不足为外人道的小天地。

我们人人都是陀螺，被无形的长鞭驱赶旋转不止，失去的，不只是当下，还有无数个未来。其实忽然歪斜倒下看云发呆又怎样，世上陀螺那么多，少你一个人也影响不了地球公转自转。所以，生活得累了，何不偶尔停下来，看看风景，看看这个世界。

我宁愿选一种轻松的姿态，活出无可替代的精彩。

在我们，还年轻的时候。

没有在深夜痛哭过的人，真的不足以谈人生，就像没有见过世界的人，不会有什么世界观一样。

The world
is so big,
I want to
have a look

目录

第三辑　你所受的苦足够多，才有资格谈梦想　95

The world
is so big,
I want to
have a look

第一辑

你可以飞，不必经过别的人同意

生来孤独，所以要寻找远方

一切都经过了，一切都走过了，一切都熬过了，生命的底色里，便增了韧，添了柔。这时候，平和下来的生命，便可以沉静到动不惊，扰不乱。

一直以来，人生摆在我面前，是一条有着无数分岔的小径，充满了无限的可能，不管选择哪一条，都会是一种截然不同的未来。

而我，毫不犹豫选择了去远方。

并不知道远方有什么，也不知道这样的选择是否适合自己，只是一味地想要离开，想要出发，想要迫不及待地去未知之处冒险，越远越好，不管付出怎样的努力。

世界那么大，我想去看看。

趁没有被生活拖累的时候，趁还有勇气出去走走的时候，我想拼命见识一下，想跳出我自己小小的生活圈子，看看这个世界，天地到底有多广阔；在另一个地方生活的人们，到底过着怎样不同的生活；而所谓人生，怎样去进行另外一种可能。

我买了一个超级大的箱子，一件一件朝里面拼命填充种种物件，甚至包括电饭煲、电磁炉、被褥和枕头。

那个箱子越满，离家的日子越近。

终于到了在机场相拥告别的那一天。我像个真正没心没肺的娃儿，东拉西扯，说笑拥抱，唯独没有离别的感伤，直到走进安检口，犹豫了一下，终究没有回首，只是抬抬头，把快要涌出来的眼泪收回去。

既然是自己选择的，那就义无反顾吧！

后来，听一同去机场送行的好朋友说，看我大踏步地消失在安检口，甚至没有转身看一眼，母亲哭得稀里哗啦的。

对于孩子来说，是一种充满兴奋的新奇与向往；对于母亲来说，则是一种不得不放手的无奈与失落。

没人知道远方有什么，只是无法抵挡它的诱惑，也无法停止走向它的脚步。

我独自在比利时留学的时候，也曾遇见很多困难，也曾迷惘于自己的选择和追求，也曾整宿地失眠，也曾深夜里痛哭……但这些，我都不会告诉家里，我只会在一个角落里独自舔舐伤口。

在那些孤独的岁月，我学习到的最重要的东西——默默地忍耐和承受，让自己在一种钝刀子割肉的痛中，从麻木到强大。

印象最深刻的一次，新学年刚从家里过去，旧房子退租了，新房子未租到，借住在朋友家，睡在四周堆积着各种杂物的一张床垫上，生病发烧，又吃错了药。

第二天醒来，整个脸肿胀如猪头，长满了疙瘩，最可怕的是，按上去毫无知觉。我被吓到半死，手足无措后的第一反应是给家里打电话痛哭一场，但是，当我站在街边的公用电话亭，插进去电话卡后，又改变了主意，轻描淡写地问妈妈这种情况该吃什么药……

通话的时候，眼泪止不住流下来，但是仰头再仰头，使劲压抑着自己，不让声音有哽咽的震颤，不让电话线那端的家人听出任何异常……

人生来孤独，没有人能时时处处帮护你，更没有人能永远伴随你。大多数事情，只有自己去面对，去接纳，去解决，去消化。不管好与不好，无论痛与不痛，都是必须承受的，而这，也是追逐远方所要付出的代价。

我不是一个多么有理想的人，但我起码知道，我想有所不同，哪怕只有一点点。

梦想是注定孤独的旅行，路上总有嘲讽和质疑，但那又怎样，哪怕累得全身酸痛，也要追逐永远不曾领略的风景。

一个真正的旅行家必是一个流浪者，经历着流浪者的快乐、诱惑和探险愿望。在这个世界上，除了脚印，我什么也不想留下。

我们山一程水一程地奔走，追寻的不仅是自然风景，还有生命的沉淀。

或许有一天，我终于老了，静静躺在铺满树叶的山坡上，阳光也是静静的，落在我身上，通体被无比的温暖裹卷，所有的尖锐和戾气与我背道而驰，渐行渐远……我听见不断有叶子噗噗落下的声音，感受得到风之手摸过耳垂的柔情，还有小虫缓慢爬过皮肤的安然。一瞬间，几十年已经过去，足够多的面孔和过往，浮上来，沉下去，而我，只是一个静静地晒着太阳的老婆婆，除了享受，我说不出哪怕一个字。然而，我所有的一切，都不会被遗忘，都将重新忆起，用风烛残年的牙齿去咀嚼，用行将就木的心脏去怀念，我竟然会老得很甜蜜。

但在此之前，确切地说，就在几天以后，我必须抽身投入到一场轰轰烈烈的旅行中去，并且，还要单独面对一个不知善恶，甚至从没见过面的男性旅伴。面对朋友的不绝的质疑和死命的反对，我说，是的，我是真吃了熊心豹子胆，别怕，你只负责观看。

义无反顾踏上人生的旅途，前途很远，也很暗。

然而，不怕的人的面前才有路。

世界这么大，我想去看看

我从小就是一个惧怕孤独的人。但作为“被计划”的一代，我注定要独自成长，独自承受。

童年最惨的记忆就是被上班的爸妈一把大锁圈在家中。爬上窗台，双手抓着窗户外的铁栅栏，看着被割裂的支离破碎的天空，百般委屈，放声大哭。

就像所有被圈养的小兽，都向往远方，渴望自由，在路上，成为长大后的我，最无法抵制的诱惑。

十年前，我带着足足超重了三十公斤的行李，兴奋地告别自己熟悉的一切，只身一人前往欧洲留学。在莫斯科机场转机的时候，被一个金发女郎用蹩脚的英文威胁，如果不交两百美元的罚款，便不给我换下一站的登机牌。我一直僵持到所有的人都离开，绝望地站在空荡荡的换乘大厅，也倔强地不肯低头。

不知道自己哪里来的勇气，去抵抗这种孤独，但我也从此知道，没有人可以脱离孤独的命运，长路漫漫，唯有让自己无敌强大，才能对抗生活中的一切戏谑。

我终于可以逃了，一逃便是万里远。我学法语，读硕士，办杂志，混论坛，出新书；漂流北京，旅居上海，回归乌鲁木齐；做记者，当老师，做银行柜员，当理财经理，做秘书；辞职，升职，四处游荡；与陌生人去北欧，一个人去越南，环游欧洲的东西南北；睡过露天、帐篷、火车站、飞机场和长途汽车站；爱过人，被人爱，也许被人恨，但从未恨过人；受过伤，忍过痛；被生活扇过耳光，也给过蜜枣儿……

我始终在出发和抵达之间循环反复，绕了一个巨大的圈，还是无法割舍生我养我的故土，最后又站在原点。光阴倏忽一瞬，我还是我，但我已不是我。

你无法想象世界在我心里有多美好，它伤害我越深，我就越爱它，它施与我冷酷，我便馈予它温暖，青春伴着我，放纵张扬，一直行在路上，朝着远方和未来，永无止境。

活在人间如此幸运。

感恩上苍给我一双眼，赏遍风景，看透冷暖。

给我一双腿，攀山涉河，丈量崎岖。

给我一张嘴，说出过最美的情话，唱过悦耳的歌声。

给我一双耳，记取流云风声，接纳海誓山盟。

给我一双手，敲打那么多的文字，拍过那么多的风景……

青春如此短暂，在颠沛流离的过程中，纵然乱，纵然痛，纵然有激烈，纵然有残酷，纵然每日不断涌现忧伤，却可以让每个人都有机会享受沿路无边的风景。未来的十年，我想自己还会继续地长久地辗转不同的地方，相遇不同的面孔，经历不同的故事……在缄默开始和陈述结束的时刻，始终来我们的来处，去我们的去处，周而复始，永不止息。

其实，走遍世界，也不过是为了找到一条回内心的路。

有时候，我们总得相信一次

惆怅孤帆连夜发，送行淡月微云。樽前不用翠眉颦。人生如逆旅，我亦是行人。

有人说，人生至少要有两次冲动，一为奋不顾身的爱情，一为说走就走的旅行。冲着这句话，也该有段说走就走的青春，更何况像我这种想通过旅程来了解这个世界的不安分子。

和我那个不知善恶的旅伴吉年的相识，缘于我的远行计划。

或许六月底，或许七月初，欧洲的夏天，渐渐丰盛起来，处处花团锦簇，铺天盖地的绿，仿佛可以从眼底一直流淌到心里。

再没了初夏那番青涩。

我有过几次远足，不过，小规模的远足已经完全不能满足我的需要了，我想去很远很远的地方。

只要很远就可以了，我甚至不在乎具体是什么地方。

问遍了身边的朋友，没有一个人计划去很远的地方，不得已，我选择了在网络上发帖征旅伴。“穷游欧洲”这个网站，有着前辈们穷游欧洲积累下的经验教训、详细攻略，以及各地衣食住行集锦，简直是欧洲旅行必备宝典。

我在这里发了一个召集旅伴的帖子，没有说具体的地点，只是说了自己假期的时间以及目的——游遍欧洲。

当时并没有抱什么希望，因为混迹在这个网站的人，几乎遍布全球，哪里会那么巧刚好也是比利时的呢？

再说，要我一个单身姑娘跟一个陌生人出游，还是有点发憷。

虽然我常参加各类户外活动，但谁都不会运气坏到碰上一群坏人吧？

于是又在帖子后面加了一条括弧备注：最好是女孩。

第二天去看，回帖的人不少，但时间都凑不到一起去。我正打算独自出行的时候，却意外收到了愿意结伴同游的人发来的邮件。

我不知道是不是想去北欧想疯了，以至于忘记了拒绝一个一无所知的陌生人的盛情邀请。

当然，这也得拜吉年出色的口才所赐，他完全不顾一切、极尽所能地诱惑我，甚至对我说，坐着船漂流在北海可以看见巨大的鲸鱼。

天哪，我仿佛已经看见碧波万顷的海上，我们的渔船在北极圈内乘风破浪直挂云帆，远远可以看见喷上云霄的水柱，那是正在呼吸的鲸鱼……

恢复理智后，我第一反应是给朋友打电话，我想说服她跟我一起去。

就算吉年这厮真的是坏人的话，也没本事把我们两个人同时卖了。

朋友原是同意的，但事情坏就坏在朋友娘的电话上。她娘不高兴她出门，觉得太浪费钱，还说了句，我们好歹送你出国了，你还到处野，我这么大年纪了，连国还没出过呢！

朋友的懂事让我黯然神伤，我必须得自己面对吉年了。

虽然我们总是在相信与不相信之间挣扎，但是，几经犹豫，我还是选择了相信。

有时候，我们总得交出一些相信。

人生的选择，哪一个没有风险？

在不能全面获知信息的时候，选择的对错，只有经历了才知道。

有一首歌唱道：有些奇迹，我们相信，才会存在。

那就做一回平时不敢做的事吧，向自己想过的生活靠近。

哪怕微微惶恐，心有不安。

人生苦短，必须性感

令我们念念不忘的，也许并不是那些事和人，而是我们还在追寻的梦想和激情。

一个陌生的邂逅，未尝不是一次人生中难得的经历。

经过协商，选了一个黄道吉日，我们酝酿已久的历史性会晤终于来临了。

我带着隐隐的不安去见吉年，不知怎么，回想起了老师们对我的评价。他们围着我说，小小年纪，思想复杂！这么严重的评语落在我身上，教人觉得世界都灰暗了。

我担心我可能会遭遇不幸，但我又觉得这么猜测多少有点被迫害妄想症。

看来老师们说的未尝不对，我思想确实有点复杂。

我们素不相识？

好像未必吧！

在这之前，按照吉年的话，我们之间是有“好一番眉来眼去”的。

我们每天不是通电话就是发电子邮件，用声波和字节来探讨旅行中的细节。他甚至已经用信用卡订好了从布鲁塞尔飞往斯德哥尔摩以及从哥本哈根飞回布鲁塞尔的来回机票。

估计吉年这家伙其实也很忐忑：是不是有人恶作剧，让自己白白付出一百多欧元？毕竟他在见我之前，已经把信用卡刷了。

看看，我们俩都白痴到了没什么警戒心的地步。

那一天，因为遇上了游行，道路上水泄不通，我比约定的时间迟到了很久（事后才从报纸上知道，有大约三十万人来到我所在的城市参加游行）。半路上，我被维持秩序的警察拦截，只能跟着蜗牛速度的队伍缓慢移动着，此时从布鲁塞尔来的火车已经抵达。怕吉年等得焦急，我只好跑过去，跟维持秩序的警察解释了一通，才得以特殊处理，放我通过。

观察了好久，才终于看见在大厅形形色色的外国男女中唯一的一位同胞——吉年，握着手机茫然四顾的样子。

他剃着精神的小寸头，穿着灰色的T恤，一条大短裤，脚上穿着露着脚趾的凉鞋，而他的肩上，则搭着一个双肩书包。

见着我，他笑吟吟地走了过来：“你好。”

不像温驯的猫咪，也不是狰狞的老虎，但看上去值得信任，只是看上去。

我依然没有安全感。

然后吉年问我：“你们女生的安全感到底是什么。”

我仔细想了想，只能说是一种感觉。

像我这样的女孩子，是从小被爸爸妈妈宠爱着长大的。

饿了有人做饭，难过了有人撒娇，冷了有人天天在耳边提醒加衣服，生病了有人陪在旁边照顾。一个一丁点大的小妹仔，长成这么窈窕可人的大姑娘容易么。

我得多有勇气才能下定有可能要“赔上一条命”的决定，要多有勇气才能忍受他的各种另类习惯、毛病相伴的一整段旅程！

所以我很快原谅了自己的复杂，原谅了自己因顾虑和担心引发的种种怀疑。

我们终生都在追求安全感，《女王乔安》中有一句很生猛的话，我觉得很有趣：缺乏安全感才是全世界最普遍的妇科病……因为没有哪个掌握着主动权的人，需要复杂和纠结。

吉年说："有理。选择了什么和最终会如何，谁也无法预计。在乎安全感，就只能选择不去冒险，留下遗憾。在乎新世界，那就只好去冒险。

"信任还是要有的，万一我这个混账不是很混账呢？"

我说："也是啊，人生苦短，必须性感。"

防坏人这事儿就像千里筑堤一般，我这厢要准备周全，他却只消一丁点了破坏就可消解我所有的准备。

为了走出去的梦想，我牺牲掉了安全。

希望你别让我牺牲掉了。

不过，后来的事实证明，吉年是个很好的旅伴。一路上，多亏有这个细心周到的男人。我们的住宿、交通等预算，全部在出发前做好了详细的计划表。十天的旅行，没有出现一次早到、延误、错失、找不到旅馆、丢钱、迷路等失误，只有一次有惊无险的火车故障，但就这还捎带着认识了一位友好的老太太。

感谢旅伴吉年旅行前详尽的计划、旅行中细心的关怀以及旅行后伴随着长长信用卡账单的晚宴。

感谢北极圈内给予我独特的寒冷夏天和明亮白夜。

感谢一路随和的天气变换和彩虹馈赠。

感谢一路遇见的真诚帮助我们的所有陌生人，感谢北欧呈现在我面前的美好世界。

曾经说过，行走，是我完整生命的方式。越来越觉得，旅行，让我更有力量，更强大，更丰富。我想我会一直走下去的，只要远方一直在那里等着我。

出发前最后的晚餐

世间事大抵如此，你来我往，分分合合，如此而已。在到达终点之前，一切的一切，不过是一场又一场或短或长的路过。

人的记忆并不是一种加法，它是意义不明确的各种可能性的混合。当我知道这个事实时，正从一座城市奔向另一个城市。

我听说，一个人的记忆就是一座城市，更主要的是，关于这座城市的人。

按照计划，我抵达了布鲁塞尔，借宿于两个好友家里。

为了节省高得吓人的房租，这两个男人——涵哥和黑子合租在了一起。在欧洲，男女合租是常态，而同性之间合租，特别容易引起误会。结果，他俩常常不幸地被周围的人误解。不过，他们却不太在意。

黑子常开玩笑说："没有最变态，只有更变态，只要你比他变态，你就赢了！这个世道很变态，你若不变态，怎么玩转过来？"

这般自嘲和幽默，需要的是乐观和智慧。

我很喜欢张方宇对幽默的说法：幽默并不是一种智力的素质。相反，幽默超越于理性和逻辑之上，它甚至还调侃了理性思维。其实，幽默就是一种“禅”。

作为“禅师”的涵哥和黑子，本来够看得开的，却对我独自和一个陌生旅伴去北欧表现出了极大的不放心。

涵哥说：“不要去了吧，别被人卖给北欧海盗了。”

我说：“大哥，白花花的银子已经花出去了啊，我的机票已经买了！”

黑子说：“机票我给你报销，不要去了吧，万一你那旅伴是坏人，我们就永远见不到你了。”

已经被去北欧的念头折腾得迷了心窍的我，站起来坚决地说：“怕什么？豁出去了，大不了十八年后又是一条好女子！”

布鲁塞尔暮色猎猎的风中，我们三个的眼神，竟然都有着“风萧萧兮易水寒，壮士一去兮不复返”的悲壮。

那个晚上，涵哥精心地为我准备了丰盛的送行大餐。

有我爱吃的大虾，还有他秘制调料的拌猪蹄……高高的杯子里，盛满了我爱喝的橘子味儿芬达，大家的杯子“咣当”碰撞在一起，一次又一次，撞得我心里一阵又一阵发憷。这种殷勤劲儿太罕见了，合着他们是把这饯行当成了我最后的晚餐了吧？

第二天醒来的时候，已经是上午十一点半。

我躺在最舒服的床垫上，而两个男生横七竖八地倒在地上，打着轻微的鼾。

尽管心里暖呼呼的，我还是揪了两个人的耳朵，让他们送我去火车站。

我还厚颜地拿了涵哥的拖鞋和黑子的T恤，他们对一个即将踏上未知冒险道路的人，表现出格外的宽容和忍耐，一副我要怎么做就由我去的态度——这种慈悲的胸怀更让我感到不安。

而我的背囊里，没有匕首，没有石灰粉，没有蒙汗药，没有防狼喷雾，没有任何防范措施，只有换洗的衣服、一条能钻进去的被套（因为北欧的所有旅馆都不免费提供床单，而睡袋，我实在没有能力迅速又轻易地把它装好）、方便面（让黑子帮我在布鲁塞尔当地超市买的辣白菜辛拉面）、数码相机以及洗漱用品，还有一个文曲星电子词典（我想如果万一被素未谋面的男伴卖掉的话，我逃跑的时候用得着）。

他们磨蹭到不得不走的时间，才起身出发，送我去搭地铁，前往布鲁塞尔的MIDI火车站。

此时，距离伦敦那次造成几十人死亡、上百人受伤的连环爆炸案不过二十天左右，作为欧盟和北约总部所在地，布鲁塞尔的报纸，天天忙着分析恐怖分子对这块风水宝地有多么兴致盎然。

地铁风驰电掣又突然停下，紧接着，灯光全部熄灭了，黢黑闷热的车厢里，只有人们紧张的喘息和抱怨声。

大家的身体贴得如此之紧，以至于可以闻得见荷尔蒙、汗酸及香水等纠缠的味道。

黑子紧紧抓着我的行李，紧张得都快哭出来了。

“生死有命，想开点儿吧！”我说。

面对我善意的安慰，他更紧张了，这种时刻他竟然还提醒我，叫我一定记得他是为了送我才冒这种险的。

“好吧，那么你会永垂不朽。”我一张口，他又是一副哭相。而我，我该怪谁让我冒这种险呢？地铁的紧急停车，才不过是一个小小序曲而已，谁知道后面等着的会是怎样的惊心动魄呢？

MIDI火车站的吉年，身背大包，玉树临风地站在问讯处的岗亭前。

来到MIDI站的我，两手空空，仿佛是来送人的，身后两个跟班拿着我所有的行李。

接过让我肩膀一沉的大包，和两个熟悉的好朋友告别，我转身与吉年搭乘大巴奔向远方的沙勒罗瓦机场。

望着窗外面飞过几十个小镇，几千里土地，几千万个人，我相信我的人生，已经得到了另一种意义上的拓展。

冯唐说："如果腰缠大把的时间，让我选择一个城市终老，这个城市一定要丰富。"

我不知道布鲁塞尔丰富与否，但我知道，我不后悔我来过。

而对于正向奔向的未知，万一不幸了怎么办？万一壮烈牺牲了怎么办？

但是我想，比万一还重要的是尝试。理由有二：

1. 青年时的失误比成年时的凯旋或老年时的成功更为可取。这话不是我说的。

2. 世上哪有那么多坏人，有很多人只是运气不好罢了。这话也不是我说的。

很多话，是谁说的不重要，重要的是有理。

如果每一条道理都要注明出处，这样的人生太累。

我只需要相信，自己配得上世间所有的美好相遇。

就愿意过这样自由自在的生活

无需更多言语，我必与你，与擦肩的任何人，相忘于江湖。

没到欧洲之前，我从来不知道乞讨也能这么扬眉吐气。

乞讨者衣衫整洁，四肢健全，不亢不卑地举着帽子或者杯子，就那样骄傲地走到你面前。你投了钱进去，他们也不过一个Merci（谢谢），然后文质彬彬地走过你的身旁。我几乎要诧异了。

这些乞讨者多是青壮年，在巴黎，乞讨竟然真的成为一种用来糊口的职业。

其实，不仅仅是在巴黎，在整个欧洲，那种以肮脏和残疾来博取人们同情的乞丐都是不多见的。他们光明正大地昂着头，并不以自己的乞丐职业为耻辱。你给了他们钱，他们开心，但不会因为这些钱而流露出哪怕一丝轻贱了自己的表情；你不给他们，也不会遭遇胁迫，他们像路过每个陌生人一样经过你，将目光投向下一个人。

刚来的时候，遇见这样的情况，心中总是奇怪，挺鄙夷地对朋友说：“都是些四肢健全的大小伙子，干什么不去找工作，居然出来要饭？”朋友说：“这些人要饭，从来不会空手而归，总会有人给他们钱，因为他们或许是真的找不到工作，真的需要帮助救急，或者他们就愿意过这样自由自在的流浪生活。”说不清楚是因为施舍者仁慈，还是受施者诚实，他们之间似乎有一种良好的互动，不会觉得心理不平衡，更不会有受骗的感觉。

乞讨者也是分类型层次的，“姜太公钓鱼——愿者上钩”的算一种。但我也遇见过问人要钱的，这个就比较恐怖了。一天早晨，我上学的路上，突然被一个人拦住了去路，这个人高大威猛，足足高出我一个半头。我不由往后退了一步，这个时候，我以为他是问路的。

他开始喋喋不休地跟我讲他需要钱，因为要给他刚出生的孩子买奶粉。我仔细打量了一下此人，一身的名牌，还带了一个耐克的针织帽。这副行头少说也能换几箱奶粉了，我决定不理他。他走上前继续跟我要钱，我装作听不懂法语的样子，但还是用法语对他说：“Je ne comprends pas.”（我不明白。）这个人居然还纠缠到底，不死心地用英语问我：“Can you speak English?”接着又是一大堆的英语解释。我大骇，一个乞丐都英、法文流利！这简直大大刺激了我好好学习的决心，不然当乞丐都没资本咯！最后，我用英语告诉他："对不起我没钱。"然后拔脚就逃了，他倒也没强行问我要。

在巴黎转乘蛛网般的地铁无聊而枯燥，昏昏欲睡间，便有流浪歌手，站在身旁，边弹奏吉他，边放声歌唱。地铁轰隆隆的噪音，丝毫掩盖不了美妙的歌声。车窗外风驰电掣而过的风景，依稀可辨自由艺术家在地铁站墙上彩色的巨幅涂鸦。那么一瞬间，突然觉得自己感受到了一个真巴黎，这是世人皆知的所谓奢靡、所谓浮华、所谓辉煌、所谓富丽背后的那一点点不同的真实的动人之处。这些流浪的乞讨者，并不能减少这个城市的颜色，反而成为这个城市不可或缺的一部分。

我还遇见过许多拉手风琴的小孩子，拉得极好，拉琴时神情专注，仿佛在享受一场音乐盛宴，并不在意面前的风琴箱子里有没有多出一枚欧元。拉小提琴的也很多见，除此之外，还有吹号的，打鼓的，各种搬运方便的乐器都能露面。最奇怪的是一种像倒扣的锅一般的乐器，曾经在布鲁塞尔的中心广场见人演奏过，不知是什么乐器，但奏出的声响非常之悦耳、空灵，神似中国的编钟之类的打击乐器。演奏者只管自己沉浸在音乐声中，身处闹市浑然不觉，一副陶醉忘我的模样，这大概印证了古人所云的

“心远地自偏”吧。

突然想到前一段时间读的凌志军的《微软小子的教育》，其中有一个故事：

一个微软的计算机科学家，美国人，父亲是律师；哥哥是真正意义上的乞丐，成天在外流浪，靠别人的救济和施舍生活。他讲起他的哥哥，并没有任何尴尬或不光彩的表情。他不觉得丢脸，并认为他的哥哥想去哪儿便可以去哪儿，想做什么便可以做什么，没有压力，也不必为任何人负责，他哥哥才是真正自由自在的快活人。

而他的父亲，作为一个体面的律师，也并不干涉大儿子的选择，从不骂他不争气，更不会拿他跟弟弟比较。

这并不是说不劳而获做乞丐是一种好的选择，乞丐的父亲和弟弟也未必同意他的价值观念，但他们的价值观念让他们尊重、理解和接受别人的选择。

从欧洲乞丐不卑不亢的态度上可以读出，他们认为，人本就没有什么高低贵贱之分，即使是乞丐，也不靠博取他人的同情过日子。他们乞讨得理直气壮。即使是乞丐，也有自己的想法，也有自己的梦想。他们觉得自己快乐与否是第一等重要的，哪怕没有财富，没有地位。跟能做自己想做的事情、做真正的自我比起来，那些统统不重要。

与他们的潇洒相比，我倒觉得许多被禁锢在名利道德的牢笼中左突右冲、挣扎在欲望的泥沼中上下沉浮、疲于奔命在作茧自缚的生命之途上的人，终其一生，混沌如初，并不能体会人生的真味，除了盲目地随波逐流，永远不知道自己需要什么，喜欢什么，什么才能让自己获得纯粹的快乐。这才是最值得同情和可怜的吧？

大黑家
淺草中央通り

时不时来一场温柔的叛逆

我步入丛林，竭尽全力挣扎，只想摆脱迟早会让我在习以为常里走向平庸的无力感，因为我不想在某一天发现，自己竟然从来没有活过。

小时候，常常觉得岁月漫长，遥遥无期。

像古老的绿皮火车，“咣唧、咣唧”，逢站必停，日子过得拖沓冗长，写不完的作业，考不完的试题……

我渴望自由自在，无拘无束，渴望脚踏高跟鞋、涂红唇膏、烫浪漫大卷的那一天……

长大后，火车忽然提速了，动车风驰电掣，呼啸而过，一个个站台还未看清站名，便已被镜头拉远。

原来，所谓自由自在、无拘无束本来就是可望而不可即的——无论什么年纪。

日子却照旧过得像例行公事……

时不时来一场温柔的叛逆，人生才没有白过。

记得那时的沙勒罗瓦机场，更像一个熙熙攘攘的长途汽车站，没有一点儿正规机场应该有的气派，但它的安检还是算有业界良心。我们把外套全部褪去，才过了安检门。最夸张的是，安检让吉年把皮带都解了去。

吉年一手拿着长长的皮带，一手提着松松的裤子，一脸欣慰地走过来对我说："严格一些好哇，这样才能让人放心。"

他说这话的时候一脸玩味。

夜色中，我们渐渐逼近了斯德哥尔摩，飞机提前半个小时到达了目的地。

我们终于到了一个光怪陆离的新世界。太阳似乎永远是一个欲坠未坠的状态，像一枚金属图腾悬浮在西边。晚霞，在22点依然绚烂无比……

无以言表的兴奋中，我们互相交换了个眼色，就急匆匆走下舷梯，跑到了斯德哥尔摩的未眠夜中去。

这里空气的味道与布鲁塞尔绝对不同，沁凉清爽，有微微的寒意，如同我最熟悉的乌鲁木齐的夏日夜晚，沉淀了所有的浮躁之气。

看得出来，在北欧，白日实在稀罕。

极昼相对的是漫长的极夜，他们格外珍惜短暂的夏季，谁忍心蹉跎这明亮的白夜呢？

即便是夜深，商店基本灯火通明辛勤营业，马路上依旧车水马龙川流不息，仍能看见络绎穿梭来来往往的人群，奇装异服的少年踏着滑板风一般溜在地铁站，身边不断有金发碧眼、身材高挑的帅哥美女经过。

以前，一提起北欧的极夜，就想着那里人民的生活因此不定怎么“水深火热”呢！这时，我才发现，这里竟然有着很多地方未曾拥有的快乐与平和。

有一种斯德哥尔摩综合征，叫用偏见决定偏见。

我们习惯了偏见，习惯了由偏见决定偏见。

曾经，有的地方由男人来决定女人该不该受教育。

曾经，有的地方由白人决定黑人能不能活下去。

后来，我们都认为这是荒诞的。

所有的偏见，都只能折射出我们的狭隘。

有了见识，才会有反省。

所以，消除偏见的唯一途径，便是走出去，欣赏更多的风景，了解更多的人。

我来过，有脚印留下

总有一段时光，没有什么可留恋，只有抑制不住的梦想；没有什么可凭仗，只有他的好身体；没有地方可去，只想到处流浪。

斯德哥尔摩清晨的街道没什么人，我们不满足于只在街巷穿行，便走到了梅拉伦湖边，港湾里停靠着各种样式的船只，酷似童话故事中的海盗船。

每艘船旁边，都立着小牌子，讲解着这些船的历史以及故事。

其实，我们都是历史的过客，体会历史的沧桑，也成为历史的一部分。

鸟飞过，有影子留下。我来过，有脚印留下。

我们没走到火车站，却阴差阳错地到了市政厅。

市政厅和我们想象中的不一样，没有一本正经或一本“假正经”的严肃或刻板。

我觉得它更像一个浪漫的古堡，红色砖瓦墙面攀爬着绿色的爬山虎，阿拉伯式的拱门长廊和土耳其蓝洋葱头式的屋顶……全世界的市政厅应该有千篇一律的古板官僚和一丝不苟的不近人情，而斯德哥尔摩的市政厅，却让人完全有理由相信，里面会有一个公主和一个王子，正在进行着他们惊天地泣鬼神的爱情。

让我们一起想象一下吧，当市政厅的火炬被点燃，与被积雪照亮的闪过北极光的天空交相辉映时，该是何等的壮丽。

导游说，那个大厅一侧的大理石石阶，是全世界最安全的楼梯，当初的设计者为了防止穿晚装和高跟鞋的女士摔跤，经过了反复的计算和丈量才设计出这世界之最，每年诺贝尔晚宴的主角，便是从那里走到全世界人们的视线中来的。

在这样的设计里，我们能看到的，是匠心。

让我们感动的，也是匠心。

这让我想到自己看过的一部电影：《寿司之神》。店主二郎一件事情做了七十五年，还在做。二郎说他梦里都在捏寿司，点子多到常常半夜惊醒。一间地下小店，只有十个吧台座位，却火到要提前一个月预订，只卖寿司，别无他物，简单到极致。原料都用最好的，章鱼买回来要按摩四个小时，是为了使口感更好……

他就像一个乐队的指挥家，连顺序和节奏都有讲究，像一道乐章……吃的人心满意足，做的人尽心尽力。他说做事就是简单的坚持，心无旁骛，每天都在进步，到了八十五岁还是这样，还在想怎么让寿司变得更好吃。

就这么一个十平方米的小店，居然列入了米其林三星，而且评语是“完全可以为了一家餐厅而去一个国家”。把小做足，却超过了太多的大而空。

一个平凡得再平凡不过的普通人，只不过把小事做到了极致。

同样的匠心独具。

因为一分肯用匠心，于是才有了独特。

无论是做人，还是做事，所有的成就，靠的都是独特。

绝对地无可替代才有可能绝对地被认可。

而成全独特的途径从来只有一条：用心。

用心才能到达优秀——唯一的途径，不过是用心罢了。

选择一种态度去生活

我们的每一个行动都在书写自己的历史。以一次次的用心，成就绚烂领悟的匠心，便是所谓的专业精神。

斯德哥尔摩的市政厅之所以让人起敬，便在于它让人看到了一个城市的态度。

市政厅里还有一个特殊的小房间，挂满了有大约三百年历史的法国地毯，据说全世界男女均可以在这里预约举行自己的婚礼。在这里，吉年又一次立下了宏愿。我们还各自在这里留影一张，看上去都是一副壮志未酬的遗憾相。

其中有一个大厅是让我眼冒绿光的，这里用了十万公斤黄金制成了金箔马赛克，以拼图形式讲述了瑞典王国的历史。

我问吉年："一会儿怎么抠下来一小块带走？"

吉年说："我们可以模仿《偷天陷阱》。"

要那么复杂的话，还是算了吧！

看得出来，人都很懒。纵使当个大盗，也需要天才、勤奋与无止境的努力。

弱者是连当恶人也无能的。

看完市政厅，我们又赶两点的船去皇后岛看王宫，瑞典国王一家子就住在这里。

船体贴着水面低空滑翔，坐在船头，很有随泰坦尼克号的飞翔感。绿色湖面上，帆船如白莲盛开。一片又一片的小岛，上面覆盖着郁郁葱葱的森林……

在一个瑞典人好心的指引下，我们又到了波罗的海和梅拉伦湖的交界处，这儿是淡水与咸水的交汇处。

斯德哥尔摩，这个“木桩之岛”，它的美丽来自于它的安静，它静静地躺在那片水域中，兀自绽放，兀自美丽，而我们都是过客，仅仅管中窥豹，领略其风韵一二，谁也不能真正打扰到它的宁静，谁也不能真正走到它十八世纪的风中去。

这个原本孱弱的国家，在“北方雄狮”古斯塔夫二世的带领下，蜕变成了北欧强国。在饱尝兴衰的滋味后，极力维持着几百年的和平环境。

林达说，一个文明的生存，几乎完全取决于生存环境。就像雅典人在发展文明，培育生长着民主制度的萌芽时，临近的斯巴达，纪律严明，全民皆兵。就像在狼群中，看到一只浪漫的羊一样。

同样的，当社会的齿轮已经推动文明进步的时候，抵制这种变革的在旧时代锋芒毕露的狼，却怎么也敌不过已经蜕变为拥有独立思考精神的直立行走动物——人。

由于参观的地方实在太多了，以至于我的记忆系统已经调不出对瑞典王宫的感受来。翻开当时的日记，龙飞凤舞地写着“王宫壁画很棒”六个大字，到底棒在何处，却无迹可寻。只有看到穿着中世纪制服的帅哥卫兵的照片时，才能略微地勾忆起一些印象。

所以么，人的知觉系统其实是很有限的。

唯一一个让我留下深刻印象的是王子画廊。

看来，这个王子是一个浪漫的闲人。他竟能费时五年，用黏土画法画了一条风景长廊的。根据一万小时理论，如果每天工作四个小时，一周工作五天，那么成为一个领域的专家至少需要十年。王子至少要先是一个黏土画专家，才有可能在这儿用五年时间画完长廊。不难估计，整条风景长廊，需要的投入远远大于五年。

人们都钦佩那些拥有非凡成就的人，只是大家都过得很忙，以胡乱的感慨打发完自己羡慕的人后，又陷入日常的琐碎纠结里。

即使明明知道，所有那些让我们敬佩的人，和我们一样平常，他们能脱颖而出，靠的不过是超人的耐心和毅力。

无数事实证明，一个人只要不是太笨，太不开窍，太不走心，有这一万个小时的苦练打底，你即使成不了大师、巨匠，至少也会成为本行业的一个具有丰富经验的专家，一个对社会有用的人。

名画《蒙娜丽莎》、《最后的晚餐》作者达·芬奇的从师之路，不过是练习画鸡蛋，只是他日复一日、年复一年地画，在最简单、最枯燥的重复中掌握了达到最高深艺术境界的控制感，这才有了那些后来震惊世界的名画。

我们只看见刘翔在赛场上的风驰电掣，但很有少人想过，他在赛场上的十多秒的辉煌，需要的是他从七岁开始的苦练。

一个城市令人钦佩的地方，往往不会是她的财富，也不会是她的功名，而是她的态度。

一个人也如此。

我们可以被习俗磨去棱角，却不可以变得世故而实际。

我们可以学会妥协和示弱，但精神却不可以衰退，个性也不可以消亡。

一个人对自己的正确态度，是拥有对发现真实自我的追求，是对实现精神丰收和努力。

The world
is so big,
I want to
have a look

第二辑

去陌生的远方，
寻找世界上的另一个自己

非常寂寞的一条船

如果我们把该做的做了，该说的说了，人生是不是就没有遗憾了？想得美，生活从来不会就此罢休。

我们把在斯德哥尔摩的最后一天安排得满满的。

为了充分利用我们的24小时日卡，我们早上六点半起床，和一大群奇形怪状的人塞在青年旅馆的公共厨房煮方便面。

还是老规矩，我负责把方便面煮成人间美味，吉年负责清理锅碗瓢盆的善后工作。然后我们收拾好行囊退房，坐地铁去中心火车站寄存包，接着乘47路巴士去传说中的瓦萨沉船博物馆。

不过是一艘巨大的沉船，但政府却专门为它修建了一座博物馆。整个博物馆唱主角的就是当年瑞典最昂贵的那艘船，唱配角的也是和这艘沉船息息相关的各类物品——大约三千件日常用品、雕刻，甚至套在皮鞋上的骨头架子。人们还可以在立体环行的影院内，听着真实的模拟声响，感受当时沉船那毛骨悚然的瞬间。

瓦萨沉船在当地的名声响当当的，虽然不能与泰坦尼克号相媲美，但与泰坦尼克相似的是，它的寿命也结束于它的首航。

十七世纪的瑞典，被称为“北方雄狮”的国王古斯塔夫二世，为谋求霸主地位，大搞军火工业。关于这艘船，设计上本来是一艘单层战舰，但在建造的过程中，一个惊人的消息传来，敌对的波兰造出了双层战舰。于是，国王一声令下，下令自己也建造一艘双层的豪华战舰，瓦萨号就这样负载着弘扬瑞典国威、宣扬国王意志的政治使命诞生了。

极尽奢侈的瓦萨号，却有严重的结构缺陷，所以仅仅象征性地航行了一千三百米，便因为船帆吃风过猛，带着五十条生命葬身海底。

刚刚还在为这艘无敌巨舰的首航欢呼的人们，眼睁睁地看着它沉没在斯德哥尔摩海湾。直到三百三十三年后，瓦萨号庞大的船躯才被完整地打捞上岸。

进入瓦萨沉船博物馆，仿佛与这艘大约三四层楼高的沉船一起回到了四个世纪前，它渐渐倾覆沉入水底的那一刻。大厅光线昏暗，气氛神秘，寒气逼人，围着它的船身绕了一圈，就花了一个多小时。

我顿时觉得这艘船非常非常的寂寞。作为一艘船，它没有过直挂云帆乘风破浪的经历；作为一艘超级豪华的战舰，倒是在水底被穿梭的鱼儿们欣赏了三百年，好容易洗净污泥，又被人们关在黑屋子里，不知又要欣赏几个世纪。

本想应该是一艘不沉的战船，结果连战场的硝烟也没有见过；本来踌躇满志地开往前线，创造“北方雄狮”古斯塔夫二世不朽的传奇，却没航出人们的视线就沉沙折戟。我要是它，真的会很难过。

很多时候，人们根本猜不到明天会演哪一出。

所以，与其因为想给猜测中的生活准备得完美无瑕，不如兵来将挡，水来土掩。

突然想起小时候看郑渊洁的童话，其中有一篇叫作《飞马牌汽车》：一辆巴士车，作为一个纪念数量的代表被隆重推出上路，结果才走了不远，就遇见了罕见的大堵车，结果这一堵就是几十年，还不许乘客违反交通规则下车，乘客们在车上结婚、生子、成长死亡……这辆车担负了郑重的使命，却壮志未酬，我觉得最痛苦的事情莫过于此了。

告别斯德哥尔摩的这一天，我坐在该市著名的艺术长廊般的地铁站的椅子上，和吉年分享着这些天来像流水一样淙淙而过的风景、美食、面孔、心情……仰观宇宙之大，俯察品类之盛，游目畅怀，足以极视听之娱。人生倘若如此，夫复何求？

我抵制不了让心灵放荡不羁的渴望，也抵制不了在天地间流浪的诱惑，所以我抵制不了行走的渴望。

行走原本是人的本能，只有当为了行走而行走的时候，行走才真正超越本能，成为勇气与毅力的代名词。

我愿意就这样，看完我的一世风景。

TROPICANA
THE INCOME FROM THE UMBRELLA
AND THE SUNBED RENTALS IS PAID
TO SUPPLY SERVICES FOR THE
ISTAND IF YOU HAVE ANY SUGGESTIONS
FOR THE IMROVEMENT OF OUR SERVICES
CAL 22890 22182 (TOURISTPOLICE)
OR TROPICANA MANAGER

预测未来的最好方法就是创造未来

一个人如果没有超越环境的念头，就做不出什么大事。整个生命就是一场冒险。走得最远的人，常是愿意去做，并愿意去冒险的人。

我和吉年搭乘17点58分的火车告别瑞典的斯德哥尔摩，前往挪威的纳尔维克，这也是北欧最长的一条铁路线。

纳尔维克位于挪威之北的诺尔兰省，在奥福特峡湾东端的半岛上，因为有来自北大西洋的暖流经过，这里成为了世界上位置最北的不冻港。

我们将进行的旅行，不仅仅是一场国境以北的旅行，更是一场北极圈以北的旅行，光是想一想，我全身四通八达血管里的血液就开始汩汩沸腾了。

据说，北极圈首先是由古希腊人确定出来的。他们发现，天上的星星可以分为两组：一组处在世界的北方，一年到头都抬头可见；而另外一组则在天顶附近及偏南的位置，它们只是随着季节周期性地循环出现。

这两组星星之间的分界线是由大熊星座所划出来的一个圆，而这个圆正好是北纬66°33′的纬度圈，也就是传说中的北极圈。

这无疑是一个伟大的发现，尽管在现在看来，这只是一个常识。但常识成为常识，往往是历尽了发明或发现的艰辛的。

投资家查理·芒格说，只有当人类“发明了发明的方法”之后，人类社会才能快速地发展。

发现也是如此。

无数的前人积累，才有了今日的丰盛。

我感激这些丰盛。

14号车厢33座，将是我度过一晚上的地方。在这个安静的夜晚，年少轻狂的岁月浮现在了眼前。

上高中的时候，和四个好朋友一起逃课去敦煌。那时坐的是古老的绿皮火车，火车慢悠悠地晃了一夜，坐得我几乎崩溃。我干脆铺了一条尿素袋子在长条椅子底下，躺进去，睡得七荤八素。

朋友告诉我说，我的马尾巴辫子甩在走道上被人踩来踩去，她看得好生凄凉。但在以后的岁月里，当我陆续地睡过麦草垛、大通铺、汽车站、火车站、飞机场、荒郊野外的帐篷等等后，曾经貌似天大的苦，一下缩小到微不足道了，反而可以从中体会到回味后的美妙和乐趣。

33座虽然看上去窄小僵硬拥挤，但我还是心满意足地一屁股坐下。吉年本是81号的座位，但我旁边座位无人，便把他拉过来聊通宵了。整整一条火车装满了形色各异的背包客，正值北欧难得的出游好时节，似乎所有的人都蠢蠢欲动，继而倾巢出动。每个人都背着高过头顶的登山包，包上挂着水壶或者鞋子，车厢里一派热气腾腾、喜气洋洋的景象。

从瑞典向挪威行进的这个黄昏，我是在不停变换坐姿和回忆中度过的。在所有的交通工具中，我最享受坐火车的过程，喜欢那种轻微的摇摆晃动，还有耳畔“喀嗒喀嗒”轮子摩擦铁轨的声响。这似乎才是一场真正的旅行，可以感觉到自己被迅速带离某个地方，朝着未知的方向做着奇妙的位移运动。

而此时的窗外，光芒收敛渐淡，交织成无数纤弱又透明的线，似乎风一吹就能弥散，辽远空旷又绿意融融的北欧风光，渐渐沉浸消隐在紫色的晚霞中，那些一掠而逝的风景，似乎一直在后退，在后退，离我越来越遥远。

这一切不断在提醒着，我正行在路上。

要去哪里？未来会怎样？这些都不是最重要。有人说，预测未来的最好方法就是创造未来。

创造未来，从了解自己做起。我在路上等自己，等我走过自己，等我离开自己，等我回归自己。

然后我才会懂得，不必把碎石看成玫瑰，而是把碎石看成碎石，玫瑰看成玫瑰；既不否定自己的痛苦或快乐，也不排斥狂乱或宁静。

整个生命就是一场冒险。走得最远的人，常是愿意去做，并愿意去冒险的人。

MATHIAS WASKE
MONA LISA BIS MADONNA
KUNSTHAUSWIEN

用最坚硬的姿态去对抗命运的戏谑

我渐渐承认，要有一个饱满的人生，以及一颗坚硬善良的内核，才能在人间深处生根发芽。

如果说小时候最大的恐惧，是担心上课时老师的一双大手夺过我偷偷摸摸藏在课桌抽屉里的小说的话，那么，长大后最大的恐惧，则源于不断与未知的下一秒相遇。因为没有提前预告，更无法把握控制，命运就像一盘莫名其妙的棋局，举落进退全不由自己。

在这个过程中，我发现了自己的懦弱、胆小和固步自封，我惧怕改变，讨厌前进，只想原地踏步，甚至倒回过去。至少有五年的时间，我都纠结在这种情绪里，找不到出口。

不断告诉自己要强大要勇敢，要乐观要向上，没有什么能让我成为它的手下败将……这更像是为了摆脱梦魇的自我催眠，但我梦想用最坚硬的姿态去对抗命运的戏谑。

出去看看，可以看成是我的追求，也可以看成是我的逃避。

当一个人特别需要面对自己时，陌生，是最大的安全，也最利于自我梳理。

凌晨3点多，天色竟已大亮，夜晚从没这么调皮过，甩了一下尾巴便消失得了无痕迹，吉年说我们已经彻底进入了北极圈。

然后，我便看见了世间最奇妙、梦幻的景色。天边的地平线有奇幻的彩光，淡然与魅惑结合得那么完美。

一路上都是森林湖泊，一片连着一片，一个接着一个，小的中的大的，不知道从天空俯视是怎样的视觉效果，会不会像天使吹出的泡泡？

傍晚时分的湖泊是万顷粉红色荡漾，清晨的湖则是雾气缭绕，隐约可见清澈的水波闪过鳞片的微光。

大概因为温度太低，这里的植物普遍低矮稀疏，但是大片大片的绿色绝不敷衍马虎，顽强点缀着这荒凉的世界。

车厢里的背包客每到一个小车站，就会下一些，那些在炎炎夏日还穿着冲锋衣的背包客们，把自己所有的快乐都暴露在北欧七月寒冷又明媚的日光之下。他们朝车厢里的我们挥手作别，然后消失了。我们则向前，继续向前。

有好一段时间，我和吉年都没有说话，各怀心事。

一种难以言说的孤独感袭来，这种孤独，和陌生无关，和有无陪伴无关。

生命注定是场孤独的旅程，我和吉年，虽是相互陪伴，却只是知晓对方，然后各自活着，朝同一个地方前行而已。人与人之间，能在彼此需要时扶助一把，便是恩遇。但我们始终都要学会独自承受路上风雨。

瑞典真是一个非常狭长的国家，直到第二天中午12点39分，我们还没有出瑞典。火车穿过幽深的隧道，一直沿着一个超级庞大的湖行驶。湖的一边是高高突起的悬崖山脉，山间有真正的白雪，云层低低徘徊，仿佛压在眉际，类似于云南洱海的旗云。

我们还看见了真正的挪威森林，让人不由想起了披头士乐队的《挪威的森林》、村上春树的小说《挪威的森林》，以及伍佰吉他弹唱的《挪威的森林》……不管是哪一种，都有冷清和伤感蕴含在其中。但无论如何，我们已经跟着火车开进了某个电影壮美开阔的场景中。

下午2点多，我们到达目的地纳尔维克。这个地方，笼罩在蒙蒙细雨中，是一个不大的港口小城，堪称地球最北的火车站。

我们几乎没有逗留，搭了一个家住罗浮腾岛上挪威姑娘的顺风车赶往码头。这个姑娘真好，除了带我和吉年外，还带了一个去罗浮腾岛上找朋友的法国小伙。我们要分担车费给她，她只说一句“没事儿”，死活也不肯收。

嗨，你这样我多不好意思！虽然我心里挺高兴的。

幸好你拒绝得诚恳！

世界上没有随便幸福这回事儿

你可以对很多事都无能为力，但是你不能无力自拔。

我所认为的看世界，绝对不是去什么马尔代夫或毛里求斯看看海，也不是去巴黎看看罗浮宫，或在东京铁塔完成一个人的眺望。当然，更不是徒步去一个信仰密修金刚乘的地方，或是在路上找一个美艳的姑娘或英俊的青年，完成人类基因重组过程。假如在路上，你不曾思考你需要思考的事情的话，都不能算是看过世界。

世界远远没有我们想象的那么刺激，那么美好，也远远没有我们想象的那么残酷，那么黑暗。

世界只是中性的存在，不好不坏。所有的误解，都是因为只看到了片段。

所以，在我有生之年，我只想尽可能地走得远一些，再远一些。

到罗浮腾岛下船时，风雨停住，夕阳摇摇欲坠，一片天光潋滟。我面前的挪威之海，全然不同于南欧的海。南欧的那些海滨，日日艳俗欢腾，日光热烈，海水澈蓝，沙滩细白，连情绪也被洇染得红红绿绿。生活如同一场永不落幕的焰火表演，人会不由得慵懒闲散。

而北欧的海，是深色的，汹涌的，呼啸的，彪悍的，冷酷的。猝不及防，便会被它的力量狠狠打倒，海水的味道扑面袭来，海风有冰冷的凛然，心早已被攫住，然后甘心情愿被征服。

在此之前，我已经和北海咆哮的海浪搏斗了三个多小时。小小的快艇在北海翻天的巨浪里勇往直前，玻璃窗被水波拍打得模糊不清。人站都站不稳，我和吉年还极富敬业精神地去快艇的小甲板上拍照，人自恋则无敌。

头顶是劈里啪啦的急骤雨，远处却是天光放晴，阳光投射在山顶的积雪，散发着雪白的耀眼光芒，就像一个魔幻世界。

回到舱内的座位上时，手被海风吹得几乎僵硬了。

吉年去船长室买来两杯热咖啡，我一边捂着咖啡杯暖手，一边看坐在对面的女人。坐在中间的女人，面色苍白，眼睛里含着泪水，有些哀伤地看着我。船身一个颠簸，她立刻闭上眼睛，喉头上下滚动，似乎拼命地克制着什么。

她的神态提醒了我什么，身体中的晕眩立刻被唤醒了。

没看见她的时候，我不觉得自己有什么不适，看见她的晕船反应后，自己也立刻被这种狂风骤雨似的感觉席卷了。以前，我一直认为自己是一个非常适合旅行的人，适应力强，能吃苦，能走路，不挑食，不拣住，有探险精神，而且从未晕过像飞机、火车、轮船、汽车、毛驴车之类的交通工具或者像蹦蹦车、过山车、太空飞船这样的游乐设施。

这次晕船算是一笔勾销了我以前洋洋自得的美好感觉。

轻巧的小艇被巨浪掀上浪尖，又重重抛落；睁开眼睛看到的是，船在水雾中急速前行，面前的世界翻云覆雨，颠倒黑白。胃里和窗外的北海一样，颠簸翻腾着，一股气体就要冲出喉咙，眼泪即使闭着眼睛也阻挡不住。吉年看到了我煞白的脸色，我有气无力地对他说，我要死了。

我想到了《1984》里的一段话：“痛楚本身，他说，并不够。有的时候一个人能够咬紧牙关不怕痛，即使到了要痛死的程度。但是对每一个人来说，都各有不能忍受的事情——连想也不能想的事情。”

吉年简直无计可施，只能抓住我的手，不断安慰我：“再坚持一会儿，马上就要到了。”我不断计算着时间，越计算越觉得时间漫长到计算不清。这段可怕的旅程，让我清晰地体会到难受至死的痛苦，唯一亮色的记忆，便是最崩溃之时，从旁边伸来的那双大手，温暖，踏实，犹如惊涛骇浪中的救生圈。

可是，当我面对上古冰川雕琢而成的罗浮腾岛的景色时，才明白，自己历经那么多折磨，只是为了抵达此时的梦境。世间一切事情都有因果，追溯起来，没有不经寻觅便能飞来的青鸟，也没有不经曲折便能欣赏的美景。

世界上没有随便幸福这回事儿。

在命运的面前，我们迟早会成为尸体，这是深植于心的痛苦的恐惧。但是，没有这些痛苦和恐惧，那只能说明，我们已经是行尸走肉。

痛过痒过的人，才会珍惜不痛不痒的日子。

Freia

在孤独这件事上，所有人都不孤独

人与人的关系，就像滴入水中的墨汁，有各自的姿态与流向，但最终，不是彼此融合，就是消散在水中。

有一种寂寞，身边添一个有趣的聊友，一条知心的狗，或许就可以消除；有一种寂寞，是茫茫天地之间，身若不系之舟的无边无际、无着无落。人只能各自孤独面对，素颜修行。

我有吉年，但不意味着，我不是独行客。在孤独这件事上，所有人都不孤独。

一路上，吉年帮我背着行囊，带我去找提前在网上订好的渔民家小旅馆，我拖着脚步慢慢跟在后面，等着我的思维世界恢复平衡。

登记的地方是一座森林小木屋，里面的装饰很特别，屋顶挂满了雨靴，屋角堆满了各种登山包。住的地方还要走一段距离，不过是黄昏，岛上已经看不见一个人，找不到问路的人，只能拿着手绘的简陋地图，找到水边的一座小楼。

这独幢小楼，与其说是旅馆，不如说更像一个仓库。

用长钥匙试了几次才打开门，小楼里空荡荡的，一个人也没有。浴室和厨房都很干净。从房间的窗外望出去，深蓝色的大海和停泊的彩色船只静静等在那里，分明是童话中的场景。只是根本没有吉年之前诱惑我的美味北极蟹——不要再心存幻想，做人不能太贪心。

我们很现实地煮了方便面果腹。

这是夜晚的小岛，因为正值北欧夏季的极昼，散发出一种奇异的光芒，介于白日的明亮和黑夜的深邃之间。那种内敛又明媚的光线，那种诡谲又让人沉溺的颜色。天边尚有留恋的紫色霞光，却迟迟不见星斗。

这里只有用规则而齐整的木条搭建起来的晾鱼架，高大又寂寞，空荡荡的，静悄悄的，连鱼腥味都闻不见。

但晾鱼架下，却蓬蓬勃勃生长着异常妖娆的紫花，细弱纤长的绿茎，竭力挺出一朵朵妍艳的花来，它们一起在夜风中轻轻左右摇摆，像在跳一只安静的舞蹈，无人欣赏也罢了，只要一生中有过这样轻盈的一刻。

而漫无人烟的海边，压抑了几季的荒草，等来了潮湿的气息和一年难得的日光，它们贪婪地吮吸着丰饶的光线，发情似的葱郁疯长，像某种无法遏制的思念那么疯狂，湮没了整个海岛。

只有这一季的茂盛，没有什么地久天长。但它们是自由的，春夏秋冬，一年四季来回循环地走。世间万物都得经受风霜雨雪，受得住的就过去了，受不住的，就寻求着自然的结果。好还是不大好，都只能一个人默默地一声不响地受着。

海边的长堤，隐隐散着冷灰色，从山间缭绕的雾气聚集的雨云，一会儿飘过来，便带来一场雨，一会儿飘过去，头顶又是红色的云霞。长堤尽头是孤独的雕塑，水鸟站在雕塑的头顶，“关关”叫着，翅膀滑过平静的水面。

漂流久了的心情，就和离了岸的海水一般，若非遇到大风，是不会翻起的。这样一种平静，幸福得让我叹息。

读萧红的书，才知道，有人被父母生下来，没有什么别的希望，只希望吃饱穿暖，但现实往往是，吃也吃不饱，穿也穿不暖。很多人对逆着来的事，总是顺受了；但顺着来的事情，却一辈子也没有。

人的欲望，可以那样的低。但即使低到了尘埃里，依旧不能拥有一份卑微的满足。经济学里所谓的需求弹性，放在人性里，恰是无法满足的永远膨胀与同样无法满足的永远蜷曲。

想到这里，便不免令人叹息。也许只能用一声叹息，把时间还与时间，大海归于大海。

沉重的思维让我感觉到的竟然是额外满足。

也许就像人说的那样，人往往能记住痛苦，因为痛苦比快乐更为深刻。而别人的痛苦，却也让我有了一份卑劣的对比性愉悦。

我羞于坦白我在别人的痛苦里得到的满足。

往事交叠而来，白夜渐渐开启，海鸥飞过耳畔，浪花拍击着礁石。这种乐音，叫人躲闪不及，温柔沦陷，甘心被俘虏，甘心万劫不复。

面朝大海，这是一座不需要其他言语，不需要其他声音的小岛。它在我的心里，如同深夜里播放的无声老片，黑白场景中，角色来来去去，就演绎完了一生。但这是别的地方看不到的白夜，是北欧挪威罗浮腾岛不为人知甜蜜的秘密，张开手掌，藏在手心。我所知的，皆因我爱我感，永不与人诉说。

世间太多繁华不堪，不如独行、独坐，独唱、独酌还独卧，每一场放浪，都是为了享受孤独的快乐。

每个人的心中，都有一个小岛

所谓人生，就是一连串的生命体验。体验自己的人生，走过路过，才能懂得。

一个人的日子固然寂寞，但更多时候是因寂寞而快乐。极致的幸福，存在于孤独的深海。在这样日复一日的生活里，我逐渐与自己达成和解。

远行最重要的，不是结果，而是放下一切，去感受当下的过程。

那些日子，我和吉年在66°34′的北极圈内，看漫长的白夜在窗外，流连一个又一个挪威的海岛，紫色的晚霞，海鸥的鸣叫，高大的晾鱼架，风中摇曳的花朵，没有边际的大海，每日枕着那些纤细透明的光线，抵达真正的梦境。神仙也不过如此吧！

我不会想到，在这个有着孤绝奇异之美的地方，藏着一个属于我的岛。

那一天的日记，天气那一栏我写着：我让它晴它就晴。

那一天，天空湿得快要坠下雨来，我们沿着岛上贯穿群岛南北的国王之路E10行驶了三个半小时，一直走到南端最尽头。

我被阴天弄得很惆怅，头靠在玻璃上懒懒等待奇迹出现，果然，那些厚重的灰云终于兜不住喷薄的阳光，陡然放晴，如同绽放了一个新世界。

那一刻，我们的左边是巍峨的高山，右边是绿色的大海。大海呈现的是一种奇异诡谲的绿色，配着白色的沙滩，彩色的木屋，盛放的野花。放眼望去，可以看见海中央点缀着更浓烈的绿点——那个小岛，就是我们此行的目的地。

这个小岛的名字很奇怪，键盘是打不出的，写出来的样子是a上加了一个小圆圈（终于在挪威语的单元音中找到了这个字）。吉年说，那个音似乎读“窝”，不如就叫它窝窝岛吧！

窝窝岛！

兜兜转转大半个地球，一直寻到北极圈内挪威大海中的某个小岛，竟然可以找到一个等了我很久、属于我的岛屿。

每个人的心中，都有这样一个小小的岛屿，再小，也足以供我们栖身。生活是大海，再波澜不惊也有惊涛骇浪的时候。但是岛，我们心中那一小块自由的土地，永远温煦安静，即使暂时被狂潮淹没，也总会钻出头来挥手告别退去的浪潮。

没错，前方就是我的岛！

到达提前预订好的青年旅馆，原先的住客竟然还没离开。前台大厅，歪七扭八地堆了很多的包，没人考虑到安全的问题。我和吉年迫不及待地把两只大旅行包扔在地上，平白无故就信任了旅馆，我们甩手去看风景了。

窝窝岛全部是木制的廊桥，缀连着典型红色的挪威渔人木屋。木屋倒映在清澈的水中，鸟多鱼多，美得好似仙境之景。

白羽黑眼鸟喙红艳的海鹦鹉，数量多得可以遮盖天际。水面、陆地上、廊柱边、屋檐角，甚至行人的肩头都是它们宣示存在感的地方。

清澈的海面，不时可以看见鱼鳍鱼尾划过的涟漪。而海边，铁丝网和木头搭建的简易小屋里，密密麻麻地挂着一米来长的大鱼，咸涩的鱼腥味儿，伴着海风的味道吹进我们鼻息。

我喜欢这样的感觉。

在这样的世界里，你会发觉，自己不必像演员般活在众人的目光中，于是有了一种随心所欲的感觉。

时不时放空自己的感觉，很好。

他人的壮怀激烈，多半与己无关。

路遥说：“人们宁愿去关心一个蹩脚电影演员的吃喝拉撒和鸡毛蒜皮，而不愿了解一个普通人波涛汹涌的内心世界。”

没有办法，人的触觉有限。感受不到的，便认为是不存在的。

于是，“汝未看此花时，此花与汝同归于寂；汝来看此花时，则此花颜色一时明白起来”。

如果我不出去走走，那一小方天地就真的是我的全世界。

PEPSI
VG
Fokus Bank
aker brygge

有所坚持，有所放弃

千帆过尽之时，我们才会懂得，岁月静好，现世安稳，便是最好的世界。不念过往，过往已在承担，不畏将来，将来都已被当下安排。

我们只能想象，他人的内在世界和我们的一样波涛深邃，但是，我们进不去。没有感同身受这回事，所以，世界只有理解，而没有同情。连吃这件简单的事，都同样如此。

吃虽寻常，要时时享受出滋味来，却是一种不可强求的奢侈。所以《孤独的美食家》中的男主角，在吃得心满意足时，总会来一句："不被时间和社会束缚，幸福地填饱肚子的时候，短时间内变得随心所欲，变得'自由'，不被谁打扰，毫不费神地吃东西的这种孤高行为，正是社会平等地赋予现代人的最大程度的治愈。"

在奔波的旅途中，折腾点吃食，确实是一种治愈。

我和吉年在超市买了几种海鱼，还买了啤酒、西红柿和大白菜，重新返回青年旅馆。

青年旅馆非常小，好在厨房宽敞，设备俱全，叫人顿时心生安慰。

我忍不住又开始我的恣意任性，不怕胡整，怕就怕不敢大胆地整。

我在公共厨房中找调味品，运气不错，有奶酪、米粉，还有黄油；不过，没有盐巴和白糖，只好唆使吉年去面包房找美女讨。吉年为了成功讨到，便拍马屁夸赞了美女一番，哪知美女面无表情地给了我们一些盐巴和白糖，也不知是不是失恋了，弄得我们好生无趣。

我把海鱼分成了几盘：一盘用奶酪拌了放进了烤箱中；一盘用米粉裹卷，一番好炸；一盘用黄油炖得一塌糊涂；一盘用啤酒红烧。还炒了简陋版的酸辣西红柿大白菜，整个厨房香气喷鼻，那些没有见识过中华美食的老外们，啧啧惊叹。

我和吉年在木桌前相对而坐，红茶、啤酒，尽半日余欢。

窗外，小岛宁静如同世外桃源。

我们相视一笑，彼此一笑，那头有贝光闪烁，这贝光注定会温暖日后漫长的生活吧！

饭后，我们沿湖徒步，湖边杳无人烟，只停了几艘彩色的小木船。因为下雨，小路很泥泞，鞋子和裤子全部被打湿了，每走一步，都有脚陷囹圄的尴尬。

无数海鸥俯冲而下，贴着湖面滑翔，小雨沥沥的湖面，被海鸥的翅膀划出一道道明亮的水痕。

水痕又荡开一圈一圈的涟漪，美得像超现实主义画家笔下的作品。

雨忽然就停止了，与此同时，灰蓝的天空笼上了奇异的光芒，一道彩虹从海面渐渐升起……只有在属于我的岛屿——窝窝之岛中，才能容纳这样多的景致吧？

阴霾，放晴，遇雨，彩虹。有一天，当我老去，坐在壁炉边，火光映亮我的白发和皱纹，想起遥远的北极圈内，有一座叫窝窝的岛，那里海鸟的鸣叫像孩子的啼哭，那里的海水汹涌得能叫人沉沦，那里的彩虹美得令人叹息，那座岛或许真的如我一般，安静却有着难以估摸的力量。不在这座岛上走过，永远不会知晓它的丰饶和暗藏的惊喜，也许我会感慨我这一辈子，果真不曾虚妄过。

常常想，如果人的内心没有某种使命感，那么，是很难在成长中坚持一点什么的。

我希望五年或十年后，很久时间没看到我的人，也不会失望。在岁月里的所有艰辛跋涉，一直都是为了一种积累！

我们都在成长，但求没有失去原来模样。

只是有所坚持，有所放弃。

The world
is so big,
I want to
have a look

第三辑

你所受的苦足够多，
才有资格谈梦想

以最美好的姿态，与整个世界相遇

你所经历的一切，都会沉淀到岁月里，成为你之所以成为你的回忆。

我相信，如果一个人的心胸足够宽广，即使一辈子足不出户，依然可以拥有浩瀚的思想；相反，如果一个人的心胸过于狭窄，那么，纵然走遍天下，也依然只是井底之蛙。旅游并非“见识和境界”的保证。

岛像一个神话，到了这里，我才真正地懂得了《论语·颜渊》中所谓的“上天有好生之德，大地有载物之厚”。人与自然，最好的关系是相互和谐，旅行，能让人学会宽容。

当然，这儿也有不得不结尾的无奈。

在莫斯克内斯码头，我们候船去博德。

一艘渡轮缓缓驶入港湾，渡轮的底部，是一个宽大的停车场，无数辆等待摆渡的车鱼贯而入。在暖暖的阳光中，看海水正蓝。远方有朦胧的山影。

三个半小时后，我们来到了北极圈最后一站——博德。

博德是个港口小城，位于挪威海中部的半岛上，索尔特峡湾口，是北极圈之北，意为“石头岛的绿地”。

虽然正值八月盛夏，天气却冷得让人直流鼻涕。我不由得裹紧了厚厚的披肩。

海鸥在劲风中，上下搏击，海中叼鱼，私人游艇密密排列，船只忙碌交替。

逗留了几个小时，我们便坐上了前往安德内斯的火车。

虽然我们订的是硬座，但上车后发现，车厢内豪华犹如宫殿，座位宽大不说，两人座相当于三人座，还是非常柔软的沙发，每个座位都可以像沙发床一样放倒，可免去夜车劳顿之苦。而座位之间，有用厚重的金色描花帘布隔开，每个人都有一个只属于自己的私密空间。

细节能看出一个国家和民族的特色。

北欧人冷漠疏离，含蓄内敛且不喜被打扰，他们不像西欧或南欧人那样喜欢热情地打招呼；但如果向他们问路，却又彬彬有礼，耐心细致。

我们在夕落的金色晚霞中沉沉地睡去了，醒来时，已是早晨四点，不知不觉跟北极圈说再见了，太阳初升时的粉色霞光布满天边。到早上七点半时，我们去Dombas转车，中午十一点到了这个小城，因为火车是中午十二点十五分的，我们得以用这一个小时欣赏了这座颇有些南德和奥地利风味的小城，随处可见散落其间的童话式小房子。只是人迹罕至，漫山遍野间，似乎只有我们两个不速之客。

去安德内斯的路上，我们换乘的红色小火车像是要把我们带入爱丽丝的仙境，在崇山峻岭间上下穿行。

因为天气寒冷的原因，树木都长得不够高。

挪威的森林并无南德的黑森林那种密集葱郁的气势，却有着自己独特的冷峻——一种默默的隐忍和坚强。

这列小火车穿过隧道、山涧、湖边、森林、山巅、峡谷……一路刺激无比又惊喜迭出。忽而从海拔1100多米的地方陡然落入海拔100多米的地方；忽而掠过长达480米的瀑布从山顶猝然跌落；忽而在谷底匍匐行驶，两边是逼仄得让人窒息的绿色；忽而是宁静的湖泊，躺在前方等着我们赞美的叹息……让人分不清是否进入了梦境。

抵达安德内斯后，我们找到了提前在网上订好的温馨的家庭旅馆，正是想象中的“采菊东篱下，悠然见南山”的那种木质小屋，门前围着交错的竹篱笆，还盛开着粉红色的玫瑰。

和北极圈再见后，安德内斯是最给我们惊喜的地方了。沿着埋在植物中的小路攀到山顶，我看见夕阳洒在安静湖面上，星星点点的细碎光芒，似乎跌落在波光粼粼的水波中。飘了一阵太阳雨，复又放晴，异常清晰的双道彩虹架在雪山缭绕的云雾之上……也许多年后，我会忘记很多悲欢离合的往事，但我不会忘记安德内斯的双道彩虹。

小时候，常常以为，看见彩虹就看见了美好，我只需要简单地等着彩虹出现。长大后才知道，彩虹需要的是追寻，是历经风雨。也只有历经了风雨的风景，才会看一次便毕生难忘。

我希望此生可以如彩虹般绚烂，我希望能够以最美好的姿态与整个世界相遇。

留一些距离给自己

我们所过的每个平凡的日常，也许就是连续发生的奇迹。

我只想有多远就走多远，让足迹连成自己的生命线。

和吉年去盖朗厄尔，只为了心中那一个念念不忘的峡湾梦。没见到峡湾，是很难想象“高峡出平湖”的磅礴壮美的。

水本是世界上最柔软的事物，它好似完全没脾气，遇弯则弯，遇直则直，放在什么容器中便成了什么形状，不知有多温顺。但经过时光流转，能将冰川槽谷侵蚀成两侧岸壁平直、陡峭、谷底宽、深度大的幽深海湾，它到底是柔软还是坚硬？是软弱无力还是充满力量？

冰河时期，覆盖在欧洲大陆北部的巨大冰川，以每千年半米的速度逐渐侵蚀岩层，形成了挪威的峡湾。

挪威的四大峡湾——盖朗厄尔峡湾、松恩峡湾、哈当厄尔峡湾和吕瑟峡湾，各有风情，2004年被美国《国家地理》杂志评为“世界未受破坏的自然美景之首”。

我们此行的目的地是盖朗厄尔峡湾，它位于挪威西南岸的卑尔根北部，是挪威峡湾中最为美丽神秘的一处。峡湾全长16千米，两岸耸立着海拔1500米以上的群山。

盖朗厄尔峡湾以瀑布众多而著称，有许多瀑布沿着陡峭的岩壁泻入峡湾，比如著名的“新郎的面纱”和“七姊妹”，于此间随时可以领略中国古诗中“飞流直下三千尺，疑是银河落九天”的意境。

峡湾顶端是盖朗厄尔村，该村仅靠一条沿山坡蜿蜒而下的长1000米的道路与外界联系，每当夏季，慕名前来的徒步驴友很多。村里除1842年建造的盖朗厄尔峡湾教堂外，还有摄影师经常光顾的福里达尔斯尤威展望台和海拔1500米高的达尔斯尼巴展望台。

我们沿着壮观的鹰之路前往盖朗厄尔，一路上，有飞瀑从悬崖高处跌落，飞溅出晶莹的水雾中，藏着小小一弯彩虹。盛夏八月，空气凛冽，山间有零落的白雪，咫尺之距，可见白雪之间掩藏的冰裂缝，熠熠的蓝色晶体则是冰川沉默的秘密。

车在沿着特别陡峭的“之”字形山路向上攀登时，我的心不时蹦出胸腔，悬挂在喉咙处。大巴车每每在转弯处，似要碰上岩壁一样，而惯性甩尾时又仿佛要坠落万丈深渊一样，让人不由起一身冷汗。唯见司机师傅神色安然淡定，任何险况都面不改色。

有高技傍身的人，总是要格外胆大些。

抵达可以俯视整座峡湾的观景台，第一次看见了山间峡谷。没见到之前，不敢相信，世上有这样宏大与柔顺的结合，有这样冷峻与温暖的结合……它好像把所有的矛盾集于一身，谁能想到被柔情侵蚀后的壮美开阔是如此无法言语……

山河岁月，绵绵地来，匆匆地去。即便行走万里，亦抵不过这样一处世外相遇。这样的地方，适合思考自己，抽离自己，回到另外一个时空，与另一个自己相遇。

三毛说：人生一世，也不过是一个又一个二十四小时的叠加，在这样宝贵的光阴里，我必须明白自己的选择。

光阴宝贵，但也易碎，在这些散碎的光阴里，我们何妨寂静、欢喜。

从观景台到峡谷底部的路上，吉年买了一套维京小士兵的模型送我当礼物，他们活灵活现，像是从森林深处跑出来的精灵，真是非常可爱的礼物。

随后，我们买了船票，打算游进那梦一般的水域。上船没多久，倾盆大雨兜头浇下，我们在船头的甲板上避无可避，索性迎着凄风冷雨，欣赏雨中别致有趣的峡湾的狂野。

突然之间，有一种多年前坐在船头，劈风斩浪游历长江三峡的感觉，只是这盖朗厄尔峡湾比起三峡，更多了一些原始粗犷的江湖梦的味道。

两岸陡峭的岩壁间冲出的白练似的瀑布和死命追逐船只的水鸟，好像在提醒：我走了那么远，经历了那么多，也早已不是当年的我了。

幸福，不过是一种生活姿态

我始终相信，梦想是生活的必需品，如果一个人拥有了梦想，灵魂便拥有了安放的地方。

我第一次背起背包踏上远方的路，就知道自己永远都不会停下来，我不想做一个等待生命绽放的人，因为，等待不是我擅长的事。

其实，人们聚会的场面越大，就越容易变得枯燥乏味。只有当一个人独处的时候，他才可以完全成为自己。所以叔本华说，谁要是不热爱独处，那他也就是不热爱自由。因为只有当一个人独处的时候，他才是自由的。

吉年是不必特别看成一个人的，在这样的朋友面前，你可以安全成为自己，享受属于一个人的快乐，无人打扰，无须分享，真的很好。

早上不到6点起床，贤惠的吉年同学在家庭旅馆的小厨房煎了鸡蛋，还熬了喷香的糯米粥，我们吃喝完毕，仍然不见主人夫妇踪影，便留了表达感谢的便签条贴在留言板上，然后朝火车站奔去。

早上7点42分，红色袖珍小火车从安德内斯准时出发，意料不到的是，小火车居然坏在了上次的停车之地Dombas。

在这个有缘之地，一个可亲的老太太主动跟我们搭讪，通过攀谈得知，她曾经是一对去中国传教的传教士夫妇的女儿，出生在香港，生长在湖南长沙，新中国成立后，返回了自己的国家。十年前，她曾在中国的江西南昌、浙江宁波等地的大学当过外教，虽然不大会说中国话，但看见中国人就像见到了亲人一样。

这是一种因为接触过而产生的遥远亲近感。正是这种遥远亲近，在换了一个时空后，把遗憾变成了圆满。

人与人之间的友谊，有时也如此。

老太太告诉我们，火车出了故障，可以在车站乘坐出租车直达奥斯陆，或者等上午11点的新火车。“既来之则安之”，来都来了，急什么呢？我们选择了后者。结果在等车的时候，下了一场明媚的太阳雨，我们又一次见到了横跨苍穹的美丽彩虹。

上天的一切安排自有他的深意，也许车坏在此处，只是为了让我们一睹彩虹的风采，将抱怨的心变成欣赏，一切都变得不一样了。

上午11点半，我们已经坐上风驰电掣的小火车，饱览沿途的高山、森林、河流以及丰饶的田野，还邂逅了挪威最大的湖泊米耶萨湖。平静的湖水在日光下折射出海一样神秘的幽蓝色，白色的水鸟从我的视线中掠过，飞向更阔美的远方。

下午3点半，我们抵达挪威的首都奥斯陆。迎接我们进入这个意为“上帝之谷”的历史名城的是一场滂沱大雨。为了节省20克朗的存包费，我俩背着沉重的背包，毅然决然地冲进大雨中。

路过麦当劳的时候，为了缓解内急，不得不一人买了一个蛋筒冰淇淋，才获得了麦当劳内洗手间的进入密码，那个黑人兄弟神秘地吐出了密码：6414。对于吉年来说，这宛如阿里巴巴宝藏山洞的密码，他充分地利用了此密码，在后来返回之时又光临了一次，真是不虚此买啊！

好在我们沿着热闹的步行街走到挪威王宫的时候，已经风停雨住，天气放晴。在层层叠叠的云朵投射的光芒下，奥斯陆终于给我们绽放了一个晴朗的微笑。

走过王宫前站岗的卫兵，走过城市中的古堡，走过火车站，走过醉倒街旁的流浪汉，我们来到了有着长长桅杆的海盗船林立的码头。

在停靠码头的渔船旁，我抵抗不住刚打捞上来的海虾的诱惑，买了满满一袋。然后找了岸边一条木头长椅，面朝大海，胃口大开。一边吃着虾肉，一边用虾头喂海鸟。即使全世界的美味都唾手可得，美美地吃，依然是一件难得的幸福之事。

起床、工作、吃饭、睡觉，原本是我们每天都重复着的事情，但再枯燥乏味，也可以让它变得独特起来。

“偷得浮生半日闲”是如此令人欢愉，我一边吃，一直在想幸福是什么。吹着海风徐徐，看着海鸟欢腾，我觉得幸福就是此刻。

说到底，所谓的幸福感，不过是一种活在当下的生活姿态。所以埃克哈特·托利说：“痛苦来自于对当下的批判，不能心平气和的接受当下，便是制造痛苦的根源。”

岁月静好，现世安稳，是一种心愿，也是一种姿态。任何人都可以选一种姿态，活得不卑不亢。

BANKEN

你失去的，不只是当下

我想做一个细腻多情的女子，活得比夏天还要炽热。浅浅的幸福安生，就是我最想要的精致和华丽。

我们每日用力地过着生活，看似忙碌而充实，但实际上感觉缺了点儿什么。加班到深夜时，看着窗外夜色清冷，心里总冒出一丝不甘的念头……我的人生就这样了吗？

如果就这样下去，我的余生，只会是今天的不断重复。

重复会让人迟钝，让人冷漠，让我忘记还有灵魂。

每当忙得快要忘记自己时，我就会选择出去走走。

有时，我喜欢去看深宅大院。

江南的卢宅，在天井中看午后的阳光斜斜落下来，好似还能依稀听到昆曲。《牡丹亭》中杜丽娘嗟叹：似这般都付与断井残垣，良辰美景奈何天，赏心乐事谁家院……

在徽州的汪氏家宅，桂花树依旧飘香，高大的宅墙中，依稀看得出胡庆余堂当年的风光。

这些古宅，即便斑驳颓败，也猜得出当年的风光鲜亮。

看一遭沧海桑田，繁华落尽，再伤感的心，也会获得一份笃定淡然。

人的一生中，总要出去看看，这是一种心态的敞开，一种思路的拓展。不要以繁忙为借口，忘记了自己应该停下来，让一颗追逐名利的心，有个喘息的机会。

所以，生活得累了，我会偶尔停下来，看看风景，看看这个世界。

其实，有没有时间走出去，全看个人选择。

生活本因选择而不同。

很多人习惯了匆匆忙忙地活着，但是，不知道自己瞎忙些什么。

这样的人生，即使不是最没有意义的，也会让你困在了原地，无法逾越，无处逃离。

于个性的满足来说，总归是缺少了一处着落。

你失去的，不只是当下，还有无数个未来。

我宁愿选一种轻松的姿态，活出无可替代的精彩。

在我们，还年轻的时候。

一个人去巴黎

我以为爱情可以填满人生的遗憾，然而，制造更多遗憾的，却偏偏是爱情。

四年前，一个人去巴黎。

巴黎是不是极乐世界，我并不晓得。只是印象中遥远的一团灯红酒绿纸醉金迷。它有时很清晰，甚至让人嗅得到整座城市光合作用下，弥散出的暗昧游离的味道，这些味道丝丝入扣，萦绕鼻息，挥之不去，仿佛已经有十世的记忆融化其中，轻轻皱一皱眉头，便分辨得出是哪一世的爱恨情仇。

塞纳河流淌得安静又迟缓，时间也仿佛停滞在此刻。走着走着，披挂着绿色植物的巴黎圣母院豁然出现。

小时候就看过《巴黎圣母院》的电影。吉卜赛女郎艾斯梅拉达和敲钟人卡西莫多，简直是美与丑的代言人。他们一个美貌惊人，一个丑陋无比；一个热情善良，一个阴郁正直；一个是舞技超群的舞女，一个是巴黎圣母院的瘸子。本来是同一天出生的他们，因为一个吉卜赛女人不光明的交换行为，而展开了各自的人生轨迹。

艾斯梅拉达成为一名大受欢迎的卖艺女郎，卡西莫多被古怪的神父收养，成了巴黎圣母院的一个敲钟人。

假正经的神父看上了艾斯梅拉达，跟着神父意图绑架吉卜赛女郎的卡西莫多当场被捉。在遭受鞭刑的时候，他口渴难忍。在大家的嘲笑中，只有吉卜赛女郎不计前嫌，给了他救命的水。卡西莫多坚硬的心慢慢融化，姑娘的举动唤醒了他差点忘掉的人性的善良。

正是这小小的善良举动，最终导致卡西莫多在神父诬陷姑娘，想将她推上刑场时，挺身而出，将她藏到巴黎圣母院。而且在自己觉得姑娘的安全受到威胁的时候，不顾一切地来救她，宁愿以一人之力抵挡全巴黎的进攻。

只是，命运弄人，围攻圣母院的人正是来救艾斯梅拉达的，而在这个当口，卑鄙的神父趁机来劫杀了艾斯梅拉达。原本百依百顺的卡西莫多，愤怒地把神父扔下了巴黎圣母院。

早就暗中爱慕艾斯梅拉达的卡西莫多，悄悄来到墓穴中，紧紧抱住艾斯梅拉达，殉情而死。

电影中最后的镜头，两个人的骨骼交缠在一起，有风吹过覆盖他们骨骼的沙砾，那种深植于心的悲凉……

他们之间有爱情吗？谁也说不清，艾斯梅拉达的美，让丑陋的卡西莫多高高仰视，但艾斯梅拉达一心想着自己的白马王子，根本看不到卡西莫多的善良。但即使如此，卡西莫多还是不计一切地付出，甚至包括自己的生命。

有一天，当我真的站在塞纳河边，看着美轮美奂的巴黎圣母院，重新想起感动过我的爱情。生与死都不能影响爱情的温润和柔软，不管过去多少年，不管是不是幽闭在禁忌中，轻轻撞击过来，还是会把沉睡的唤醒。

在巴黎圣母院幽暗的大殿中，听唱诗班的天籁之音。在巴黎圣母院的广场前，看滑板少年的舞动。本来我以为我与巴黎，始终都有一步之遥，然而此刻，它真实可近，伸手可触。

巴黎的华丽和巴黎的忧伤，巴黎的喧嚣和巴黎的宁静，它们从未矛盾过。就像埃菲尔铁塔，巴黎的图腾，令人高高仰视，如同仰视某种非凡的梦想，它与巴黎那些百年老屋，蜿蜒不平的街道，高低错落，却优美和谐。还有繁花落尽的凡尔赛宫，金碧辉煌，逼迫得让人无法喘息，但宫殿花园中的那些向上的树，干涸又张扬，一直向上，上到云端，有能割碎天空的力量。

当我告别巴黎，想到未来某一天，我会再次与之邂逅，我希望是和我的爱人。这座城市被世人仰慕，但它始终是落寞的清冷的，实在不需要一个人的旅行再添新的寂寞。

有一天，当我重返巴黎，我要与我的爱人，一起到蒙马特高地，在圣心大教堂的平台上，俯瞰整个巴黎，看一场最安静、最幸福的落日。

CAFE

不是所有的当时都美好

终有一天你会知道，不是所有的当时都美好，不是所有的结果都对得起你期待的热烈。

旅行的乐趣就在于它存在变数。不一定全都美好，但只要是你身体和情感都在体验，事后想起来，都觉得可爱，这就是旅行最让人着迷的地方。

从奥斯陆到哥本哈根，坐足了一夜的火车，睡眼蒙眬地在如注的暴雨中转了两次火车，早晨七点，我们终于费尽辛苦周折抵达童话王国丹麦的首都哥本哈根。

我们住的六人间是男女混住的，当年在新疆徒步博格达峰的时候，倒是混过帐篷，当时也没觉得有什么苦，但正儿八经住这种混搭的旅馆，却是平生头一遭。

我上了床，每一次翻身，那张小床都吱吱呀呀叫个不停，所以只能尽量让自己的身体僵硬成一个姿势，在炎夏暧昧不明的气味和四起的呼噜声中勉强睡去。最夸张的是，半夜居然还有拿着手电来查房的，估计是看有没有两个人蹭一张床的，雪亮的灯光射在脸上的感觉，我真想吼——够了！

但哥本哈根的美景却是真真切切地看不够。我们买了24小时内有效的哥本哈根卡，凭此卡可进出市内40处最受欢迎的博物馆和旅游景点，无限制地搭乘市内公共交通工具。为了物尽其用，依着先远后近的原则，我们选择了去游逛坐落在西兰岛北部赫尔辛约市海边的哈姆雷特城堡。

以前读莎士比亚的《哈姆雷特》时，始终纠缠在“生存还是毁灭”这个命题中无法自拔的王子的悲剧给我留下了深刻的印象：丹麦王子哈姆雷特在大学读书的时候，忽然传来父亲猝死的消息，同时，叔叔自行宣布登上王位，还娶了自己的嫂子——哈姆雷特的母亲为新王后。种种蛛丝马迹表明，老国王是被人害死的，何去何从？没有什么实力的哈姆雷特甚至连调查真相都那么力不从心。

想要反抗，想要挣扎，却受到外在无形的、巨大的压力，哈姆雷特的世界濒临崩塌，但这还不够，命运安排他明白了残忍的真相：亲情、友情甚至爱情，都是不太可靠的。

违背自己的人道主义思想去杀人报仇，还是乱世中保全生命，接受命运的安排？王子哈姆雷特陷入了深深的痛苦中。

哈姆雷特对人生、对世界的困惑已经成了几百年来最令人困惑的问题之一。有人说：“当局者迷，旁观者清。”殊不知，每个人都是过去的自己的旁观者，现在的自己也是未来的自己的当局者。年复一年，我们不停地做着当局者和旁观者，只是每当我们看清时，都已经来不及去改变。我们都想从别人的世界里看清自己，所以，我们才会从一个地方辗转到另一个地方。

未见哈姆雷特城堡之前，对这个“皇冠之宫”的想象，是阴郁，是寂静，是雾霭，是黑暗，是无处不在的谜团和四周弥漫的血腥，它与王子的命运息息相关，纠葛交缠。

我无法想象丹麦国王腓特烈二世是怎样用使用欧尔松海峡的船只所征得的通行税，耗费漫长的岁月修建了这座精美的文艺复兴时期建筑风格的宫殿，但在我看来，它作为扼守海峡的要塞以及丹麦皇家权力威严象征的意义，远远逊色于莎翁赋予它的意义。

1602年，当莎翁开始执笔他的名著《哈姆雷特》时，选中了威名远扬的这座城堡作为故事的背景。之所以这样，据说是英国国王詹姆士一世迎娶腓特烈二世的女儿安妮公主时，来此转了一圈。回国后，对戏剧感兴趣的国王将这座城堡和一些丹麦的民间传说和莎翁八卦了一番，这些猛料启发了莎翁的兴趣和想象力。尽管他本人根本没有见过这个城堡，但不妨碍他的妙笔生花让这个威武的城堡发生了最悲情的故事。

面前的城堡屹立了几个世纪，却依然恢弘堂皇，气势凌厉，沙岩石砌成的宫殿，红砖墙四周环抱，铜屋顶熠熠生辉。午后灿烂的阳光落在城堡前那些疯长的茅草上，像蔓延了一场穿越时光的燃烧，让人仿佛感觉置身于莫奈的油画中。

人生如逆旅，所有人都是所有人的旁观者，而且毫不相干。面对美景，我实在难以想象那个不幸王子的忧郁从何而来，只好吃起了在火车站买的一盒巧克力蛋糕，吃到一半时，居然发现中间发霉了，看来，童话的国度也并非尽善尽美啊！

读的是别人，看的是自己

有人说过，看不到的风景决定了看得到的风景，那个人，不是你……

每个来到这个世间的人，都在忙着生，忙着活，每个人的姿态都可能窘迫。经历过了无数场失望后，我再也不想对人或事失望了，所以，我选择了凡事不空抱什么期望。这不是绝望，而是最高生存法则，获取幸福感的前提。只不过，古人称之为："尽人事，知天命。"

当我实在无法释怀时，有一个世界，便成了我的念想。

尽管在不懂得爱情的年纪，就已经读过安徒生笔下小美人鱼的故事，为她流泪，为她遗憾，为她难过，为她心痛，却是在长大后，才懂得了小美人鱼的爱。

我喜欢小美人鱼的美丽和善良，希望她能够与自己深爱的王子有情人终成眷属。只是，人生不如意事常八九，相爱未必就能相守；有些爱，不得不各安天涯，转身即是永远的错过。

简直可以想象小美人鱼的鱼尾变成双腿后，如两把利刃扎入身体的疼痛，她与巫婆交换后再也不能发出银铃般声音的痛苦，她深爱的王子不懂她的牺牲与付出的心碎，她放弃最后的希望化为阳光下的泡沫时的绝望与幸福……

也许真正的爱，不是狭隘地占有，而是成全和包容，希望爱我所爱，无怨无悔，希望你若安好，便是晴天。不同的年纪和经历，读相同的故事，衍生出的当然是不同的心境和感悟。

有人说，小美人鱼的故事寄托的是安徒生自己的爱情。安徒生曾经有一位青梅竹马的初恋情人，但由于家庭条件相差悬殊，最终没有走到一起，在他26岁那年，他爱慕的姑娘嫁给了当地的一个富家子弟。

从此，安徒生对爱情心灰意冷，在他去世的那一天，人们发现他的脖子上挂了一个小皮袋子，里面装着的是那个姑娘曾经写给他的信。

很老套的爱情悲剧，却催生了一个经久不衰的动人童话。

路人甲的存在，旁观者的悲伤。

不过，旁观者眼里的悲剧未必是受难者心中的悲剧。

我们对他人的叹息，更多的时候，是一种对命运的叹息。

一个不太会讲英语的丹麦老人领着我们，七拐八绕地来到了小美人鱼铜像的面前。她孤单地坐在海边的岩石上，神情忧郁而又饱含期待，好像在等着心爱的王子回心转意一样。

我想起了《海的女儿》里最让我感动的那一段文字:

“现在太阳从海里升起来了。阳光柔和地、温暖地照在冰冷的泡沫上。因为小人鱼并没有感到灭亡。她看到光明的太阳，同时在她上面飞着无数透明的、美丽的生物。透过它们，她可以看到船上的白帆和天空的彩云。它们的声音是和谐的音乐。可是那么虚无缥缈，人类的耳朵简直没有办法听见，正如地上的眼睛不能看见它们一样。它们没有翅膀，只是凭它们轻飘的形体在空中浮动。小人鱼觉得自己也获得了它们这样的形体，渐渐地从泡沫中升起来。”

童话总是很简单，但简单绝不意味着容易，简单只是意味着纯净。

其实，世间所有的童话，都是写给成年人看的。

一个人心灵走向成熟，需要一个历经磨难的过程。越纯净的心灵，受到过生活的磨难越多，打击越大。而那不是一个孩童可能读懂的生活艰深。

毕竟，不是一个圈子的人，难以读懂彼此的悲伤。

孩子只是童话的遥远旁观者，成人才能溯流而上，在别人的故事里看到自己的悲伤。

人生没有那么多的预设

你所受的苦足够多，才有资格谈梦想。

人们常说，旁观者清，但是，旁观者怎么能了解当局者的心情。

那些所谓的安慰，不过是把自己的想法强加于别人之上，制造新的悲伤罢了。所有的安慰，唯一的正确评价就是：站着说话不腰疼。

我们都看过安徒生童话，但不意味着我们读得懂他的忧伤。

在去丹麦王宫的路上，我们第一次发现了安徒生的足迹。

地上画着一双白色的脚印，这是按安徒生真实的脚码特制的，据说脚印遍布了整个哥本哈根62个与安徒生息息相关的地方，比如曾经工作的地方、生活的地方、被拒绝爱情的地方……共有2000双脚印，基本浓缩了他在这座城市50年的精华，就像乘上了机器猫的时光机，可以与童话大师的人生足迹一一邂逅。

这个写过无数美丽动人童话的大师，长相丑陋，出身卑微，生性敏感，饱受挫折，内心忧郁，终生未娶，令人很难想象的娇嫩的豌豆公主、善良的小美人鱼、可怜的卖火柴的小女孩以及坚强的丑小鸭等美好的形象都是出自他的笔下。

他的一生跌宕起伏，始终伴随他的只有孤独。作为一个酗酒的鞋匠的儿子，安徒生从小就被贫困折磨，父亲留给他的，只有一套修鞋工具。

安徒生14岁时，开始为自己未来的人生做打算。他离开故乡前往哥本哈根谋求发展，做过失败的歌手、演员、剪纸手艺人。在世人的眼中，安徒生懒散、怪异、不合群。但无论别人怎么看，即使日子黑暗、生活阴郁，安徒生始终没放弃自己对文学的热情，最终通过自己的努力当了作家，只不过他构筑的故事，与他的人生一样，往往充满了悲情色彩。

安徒生的座右铭是旅行就是生活，他的一生都在旅行，而我，也是在旅行中重新回忆起那些童话烙印在生命中的点点滴滴。我和吉年就这样在安徒生的故乡，一边嘻嘻哈哈编着以彼此为主人公的童话，一边循着一路的白色安徒生足迹，去看看他曾经工作、战斗过的地方。

不知不觉间，走到一条河畔，两边皆是密集的彩色建筑，还有无数拥挤热闹的酒吧，悠闲的北欧人在暖阳之下，喝着下午茶。我们两个漂泊的异乡人，坐在河畔，一边晒着暖融融的太阳，一边吃着甜蜜蜜的冰淇淋，看着晃动的水波中零碎的光斑……

生命会留下足迹，足迹却无法留住生命。这个世界，安徒生来过，留下了他的足迹，但是，世界却没有留住安徒生。

无论何人，在时间里都只是匆匆的过客。我们唯一能做的是，尽可能地经历更多。

不必等到准备周全才出发，想起来就做的事，很可能值得回味；而所有计划好久的事，最后往往做不成。就像安徒生，最初想做一名歌唱家，但谁也没料到，他刚幸运地被丹麦皇家剧院录用，不长时间后就倒了嗓子。

人生没有那么多的预设，很多时候，人生的精彩就是一场场不期而遇，有可能是美丽，也有可能是未知的冒险。

但比人生未知的历险更可怕的，是那种一眼就看到老死的时光。

远方一直在等我

我生命中的千山万水，任你一一告别。世间事，除了生死，哪一件不是闲事？闲不是你的错，当然，不闲也不是。

每一次旅行都是一次用心的创作，当时的阳光、空气和风，当时的风景和旅伴，当时的心情和体悟，都构成了一本独一无二只属于自己的书，每次翻阅都会有朝花夕拾的感动。

从丹麦哥本哈根回到比利时布鲁塞尔，我彻底告别陆地、森林、海洋、冰山。北欧神话，永远地封存在这个夏季。和十天前出发时一样，我背着大包，风尘仆仆地坐上了破旧的火车。

完美旅程的组成因素很重要：路线、风景、天气、旅伴、心情以及计划。这次北欧神话之旅，不管是哪个指标都达到了最高分数，最新颖别致的路线，最变幻莫测的天气，最美轮美奂的风景，最随和风趣的旅伴，最舒畅自在的心情，最详细全面的计划……所以不得不说，此次旅行堪称挑不出缺陷地完美。

曾经说过，行走，是我完整生命的方式。越来越觉得，旅行，让我更有力量、更强大、更丰富，我想我会一直走下去的，只要远方一直在那里等着我。

有的人说，自己无往不在琐碎里，哪儿看得见风景。

其实，不是世间没有风景，而是一些人的眼里，容纳不下风景——他们太忙了，忙得顾不上身边这些鲜活的美丽。

愿意旅行的人，总是或多或少地有一些执念。或许，是为了避开车马喧嚣，或许，是为了逃逸一场不愿意面对的别离苦，所以才来了，又走了。

其实，万事万物皆有因有果。执念不死，便会吞噬掉我们所有的生气，由此而生的，只有深如沼泽地的无力感。

我喜欢把风景当纯粹的风景来赏，我也喜欢把人当纯粹的人来看。

有些人，和有些风景一样，适合远观，不宜近扰。而有一些人，可以成为合适的旅伴。但这些，都不打紧。

不必执取一隅鸡肋式的安逸，在想走的时候，就走出去。

有一种离开，叫出发。也有一种停留，叫守候。

我只想做个尊重生命本身的鲜活的人。那些忽略鲜活生命本身的人，不免有执障遮眼。若不是万般放不下，便不会恩怨纠缠。其实，实在放不下的时候，去趟重症病房或者墓地，比追一季花开，有意义得多。

执着于执或不执，其实并不是最重要的。

在一段借来的时光里，我们唯一能做的是尽情地悲喜。

电影《当幸福来敲门》有一段经典台词："当人们做不到一些事情的时候，他们就会对你说你也同样不能。而你，则要相信你能行！别让别人说你成不了才，别人不可能是先知，别人也不能成为你，不要给自己下这样失败的定义！如果你有梦想的话，就要去捍卫它。那些一事无成的人想告诉你，你也成不了大器。如果你有理想的话，就要去努力实现。就这样！"

如果问我什么是梦想的话，我想，远方应该是。

The world
is so big,
I want to
have a look

第四辑

从来没有
太晚的开始

从容面对这离别之后的离别

我终于可以郑重其事地坐在甲板上，面对前世今生的乡愁，认真地流一滴眼泪。

有时，陌生就是一种安全。

所以有人说，一个被伤害着的人置身一个陌生的环境是幸福的，因为你不必在熟悉的人和风景面前故作坚强，你完全可以放纵地流泪。

快乐会有悲伤作陪，雨过应该就有天晴。如果雨后还是雨，如果忧伤之后还是忧伤，请让我从容面对这出走之后的出走，离别之后的离别。

我只想微笑着去寻找一个从未曾相遇的自己。

大雾弥漫的时节，建筑物隐约在白茫茫的雾气中，像一片海市蜃楼。这团雾气，从四面八方聚拢来，压在这个城市的上空。忽然之间，明白了所谓压抑，也许就是郁积在心里的一团雾气而已，“去似朝云无觅处”，至于散的时辰，也不可预料，不知归向。

情绪有时候仿佛与我无关了，明明是从自己的血肉中生根发芽，蔓延出枝叶的，却被一旁的事物牵扯难以自控。它说开，便盛放了；它说灭，便沉寂了；它说漫，便铺天盖地了；它说变，便千幻万化了……

我还能如何，我又能如何，我且能如何，眼睁睁地看着情绪波动、摇曳、萎靡或沦陷，却无能为力。这情绪早已被当时的月光吻过，中了蛊，迷了咒，奈何不了，控制不得，进退由之吧。

生活像一块破布，偶尔从洞隙中透出的光亮，也足以获得小小的温暖和喜悦。如人所言，人生不如意事十之八九，我们要常想一二。

和我一起到爱琴海吧！

这片诗意的海洋，源自于古希腊的传说。爱琴国王的儿子忒修斯为了拯救人民，打算去杀死牛头人身的怪物米诺牛。这一次九死一生，国王和儿子约定好，如果他能活着回来，就要挂上白色的船帆，这样自己就能够很快知道消息了。忒修斯经过一连串奇遇，真的杀死了米诺牛，只是在返航的途中，忒修斯忘了换船帆，爱琴国王以为儿子已经遇难，悲伤之下跳入了茫茫大海中。

人间并非只有爱琴海，就像天堂并非只有阳光。希望，可以让人生存下来，完成仿佛不可完成的事情；绝望，可以让人死，即使面对已经胜利的事实。

心血来潮的旅行，何以成为一个旅者的最爱？只不过实践了一份说走就走的决绝，实现了一种拿得起，放得下的勇敢。正青春，何以致青春？付诸行，即可，敏于行，即可。

去希腊早有预谋，实现起来却好似心血来潮。

我和小炭背着两个巨大的双肩包，晃晃悠悠坐上了从MIDI站前往机场的火车。空荡荡的火车，掠过布鲁塞尔的夜色，像一支光箭，射向隔了一个季节那么久远的远方。

有人问我为什么爱旅行，我常常不知道如何回答。

为什么去登山？“因为山在那里！”这是英国著名登山家马洛里的名言。不爱旅行的人，常常不知道酷爱旅行的人为何爱旅行，但是，没有答案。或者有答案，那也不是道不同者不能理解的。

清晨六点的雅典城，像浸泡在黑色的墨水中，黑漆漆的，带着诡谲的光亮，城市根本没有因为夜色而沉寂，许多人在黑暗中穿梭，分辨不出他们是清醒的还是在梦游。

雅典地铁站露着神气的派头，每一站都有自己的特色和主题，地铁在地底穿梭腻味了，便升上地面，在地面裸露烦了，又沉降回地底。在这一升一降之间，太阳光渐渐燃起。人声鼎沸，船只鸣笛和海浪拍击交相辉映，那暗黑城市，好像已经被地铁的速度丢在了另一个世界中。

有时候，太美的风景如同太美的爱情，那种猝不及防的甜蜜，那种妙不可言的幸福，伴随着难以置信的伤感，和漫长心酸的忧伤，因为它美得如此脆弱短暂，又不堪一击，美得叫人不敢呼吸和闭眼，害怕鼻息的张合便吹散了它，闭眼的瞬间便遮掩了它，害怕它隐而不现，害怕它去而不归……我如此害怕看见美景，如同害怕遭遇爱情一般。

闭上眼睛，以为这样便可以回避。但朝阳细碎的光芒，就是宿命的手指，撩拨的柔情不可抵挡，张开眼睛，整整一面爱琴海水，铺天盖地，席卷了一辈子的渴望。

我终于可以郑重其事地坐在甲板上，面对前世今生的乡愁，认真地流一滴眼泪。

施过咒语的岛屿

我们总是仰望和羡慕着别人的幸福，如果愿意回头，我们会发现自己同样正被仰望和羡慕着。

我想，肯定有一个女巫，对这座岛屿施过咒语，不然，它怎么会有这样魅惑人的魔法气质？午后的米克诺思岛，寂寥得像一声叹息，那声叹息如同从花朵里长出来似的，有幽静的芳香，清淡又绵长，不由人不醉倒在它迷幻的温柔中。

充沛丰盈的日光，像阖上眼帘的睫毛，温柔地笼罩着这座小岛，小岛上的所有房子，几乎都是纯白色的，一座一座闪着光芒，甚至包括所有的石径街道，也全部被画上了一个又一个的白圈圈，圈着神秘的咒语似的，像一部纵横在大地的天书。

在那些弯弯曲曲的街道中游荡，看不见一个行人，店铺闭着门窗，即使偶有敞开的，转进去会发现，店主兀自打着瞌睡，安静得只能听见自己的呼吸。猫和狗在树阴下恣意地睡觉，连水鸟的踪迹也寻觅不到，不知道是躲在了哪片水波之下。

被施了蛊的小岛，完全地沉睡了，仿佛永远不会醒来般地那样沉睡，我蹑手蹑脚走过，不敢说话，连喷嚏也不敢打，怕惊扰了它沉沉的美梦。

唯一的喧嚣，是它所依傍的爱琴海，海水挣扎着扑过来，想要抚摸它，可又被更大的力量拽回去。所以，米克诺思岛能够一直保持骨子里的万籁俱寂，没有什么能真正唤醒它，它在日光中必然合拢了所有张扬的骄傲，甘愿在女巫的咒语中，一睡千年。

我与米克诺思岛的邂逅，更像一场梦游，被一只手、一条咒语、一个预谋、一种力量、一场召唤，莫名地牵引，不知不觉便从迷宫般的街道绕到海边。远远便看见克拉基泽风车，一二三四五，一座不多，一座不少，漂浮在海上，像某个梦境的重现，或是某世记忆的重现。它们不知道立了多少年，只等我望过去的那一数，一二三四五，果然是，一座不多，一座不少。

只眨了一下眼睛，夕阳便燃烧起来。在魔法的世界里，时光只是一个瞬间，那一瞬间，可能就白了头，可能就丢了心，可能就遇了谁，可能就忘了谁，可能就涸了泪，可能就迷了路，可能就从世界的开始走到了世界的尽头。所有漫长的用光年来计算的故事，都被一个瞬间解决了所有。因此，在这个魔法岛屿，仅仅是眨了一下眼睛，天空被一片玫瑰花瓣遮掩，太阳也被过滤了激烈和娇纵，变成了全宇宙最独一无二的完美的夕阳。

这真的是所有的眼睛中，最不可思议的动人的夕阳。

它离大海的距离，只有克拉基泽风车那么高，成片的火烧云，原本可能仅仅是星星之火，忽然就成了燎原之势，随意铺染在夕阳的周围，还有那五座风车，轻轻地在金色的光芒中旋转，整面海水在蔚蓝中闪烁着金色，呈现在我眼球的晶体中。意象不同，却没有一点儿突兀，一种让人惊诧的和谐，仿佛它们从来就是不可分割，并且从未曾分割过。

海边仍然没有人。我跳进风车四周圈着的低矮的围墙，伸手去拉风车粗糙的麻绳，强劲的咸涩的海风帮我一起拉着，风车便开始唱歌。这个时候，我看见了海边的礁石旁，站着一只猫。这只猫毛色黝黑水滑，眼睛是奇异的绿色，它不知从哪里冒出来，离我五米之远，已经可以感觉到它身上的诡谲气息。

从来没有想到，一个人会被一只猫追得这样狼狈不堪，我可以感觉到全身的汗毛都竖了起来，这只猫竟然不怕人！更可怕的是它仿佛充满乐趣似的对我穷追不舍，我从来没有跑得这么快过，甚至可以听见风声掠过耳畔摩擦出的锐利声响，我边跑还边回过头去看，那只黑猫跑得毛都炸起来了，眼神凶狠凌厉，我跑得更快了，一直跑离这片没有人烟的乱石滩，把大海的咆哮，把逐渐落入海中的夕阳，把克拉基泽风车，全部使劲抛在身后……

再转身，黑猫忽然消失了，就像从未出现过。我一定是看到了不该看的景色，世界上最美的夕阳坠落海中的瞬间，如此之美，根本不是凡人的眼睛能够观望的，所以，女巫放出她的坐骑——奇邪的黑猫，让我在奔跑中忘却所有不属于人间的美景。

但美景是一件和别人无关的事，所以，不必记住，也不用遗忘。

袒露是天堂的本质

我不乞求财富，也不向往名望，唯头上的天堂和脚下的道路，是我一切的追求。

在米克诺思岛的最后一日，不用计算时间，丢了闹钟睡到日上三竿，这是多么惬意的柔软时光，抛弃了整个尘世似的。在爱琴海的某个小岛的日光之下，裹被大眠。与这种实际的幸福相比，世事皆是虚妄，世人皆是自扰，仿佛只有我，才能与世界的本质接壤，并深抵其最终的核心。

晌午时分，梳洗打扮，带着比基尼去寻找传说中的天堂海滩。在小镇的一端坐巴士，巴士售票处竟是设在一个酒吧内，卖烟酒兼卖车票。车程大约二十分钟，目所能及之处，满是荒凉，如入沙漠无人之境。

也许这就是希腊。大海存在的地方，本该是多云、多雨，多绿色植被，多潮湿之气，可希腊偏偏反其道而行之：天蓝得令人发指，亮汪汪的，清透明晰，无丝毫水汽凝聚之象；海波光粼粼的，透明澄澈，像一块浸泡出光芒的水晶；空气十分干燥，许是被炽烈的日光吸走了所有的水分；大风猎猎作响，撞击在四周遍布的石头山，山上居然还长着一蓬一蓬类似沙漠中骆驼刺的干燥植物；间或散落着白色的院落，在裸露的黄土山中格外显眼。这里的一切都是那么纯粹，不管是阳光、风、海水，还是建筑，色彩唯一又单纯。

天堂海滩不如自己想象中的天堂，沙滩并不细，还有硌脚的沙石，我和小炭商量，索性决定先去找超级天堂海滩。超级天堂海滩是真正的裸游天堂，法国南部类似这种天体浴场实在不少。但沐浴在爱琴海中，相信又是别有风味，好奇心的驱使真是可怕，不怕别人逼我一丝不挂，也想去看看别人是如何赤裸裸地返璞归真。随便问了一个路人，我们朝着他手指的方向，无畏而去。

结果，我们在高低不平的山路中不时地迷路，整座山完全教人辨别不出方向，横冲直撞的后果，便是走着走着便走到海边的断崖。海浪撞击碎石，无路可往。真佩服自己的执著，我们不断翻越石头砌的矮墙，但除了多刺扎腿的植物外，并不见人烟。走到傍海的废弃建筑时，终于绝望。爬到最顶端，空荡荡的石柱，像某个远古毁于战乱的海神庙遗址。

折回天堂海滩，在露天的酒吧，草扎的遮阳伞下，边喝着冰冻的芬达，边看肌肉男和比基尼女站在桌子上劲歌热舞，女人们基本上空装，眯眼躺在长椅上晒巧克力皮肤，相比之下，我着装整齐，正襟危坐，显得无比可笑。

回想起在法国南部黄金海岸时，我和阿霞带着在国内买的连体泳衣，预备泡海，这才发现连七十岁的老太太们都是穿着色彩鲜艳的比基尼。至于连体泳衣？根本没市场！同行的法国朋友说，他祖母都不穿这样式的！为了不让别人视我们为怪物，只好挑选了比基尼，这才没被排斥成异类。

西方人便能活得如此潇洒自得且旁若无人，东方人永远小心翼翼且慎重拘谨。很难说是开放好，还是含蓄妙，或许西方人总是背负原罪，跟他们穿得太少不可分割，而东方人活得沉重辛苦，又跟他们穿得太多息息相关，各自都有不为人知的心酸或是乐趣吧！

我却是觉得，赤裸裸的返璞归真，能重温孩提时的天真质朴。但愿有一天，面对一丝不挂的身体，也能抛下贪婪和欲望，回归到最初的本质状态。

人与人之间，从此坦然、坦白，坦诚相见，美好得如同天堂一般。

去，看一场全世界最美的夕落

生活是一件跟别人没关系的事儿，而生活的精彩，只属于真正懂它的人。

清晨的米克诺思岛，夜的迷幻和绚烂被收纳于无所不在的阳光中，此起彼伏的鱼市和菜市的叫卖声，赋予了岛屿无限的活力。穿过这沾染了尘世烟火气的米岛，我登上了Blue Star号海轮。船速很快，水花被劈碎后飞溅在玻璃窗上，海天连成一片，既有虚幻的美丽，又有晃动的破碎。

如此卖力奔走，只为了看一场全世界最美的夕落。

大约一个小时后，船停靠在帕罗斯岛的码头，这个小岛盛产大理石，著名的雕像《米洛的维纳斯》就是用这里的大理石雕刻而成的。放眼望去，古老的村落中蜿蜒着拜占庭时期的小路，串联出原始的乡村风情。可惜，对于这小岛来说，我们只是过客，匆匆掠过一眼后，便继续爱琴海上的漂流。

下午3点，圣托里尼岛令人震撼的断崖大海终于呈现在我们面前。3500年前，这里发生了一次千年一遇的火山爆发，留下一个大火山口和几百米厚的火山灰，间接地导致了克里特岛米诺斯文明的消亡，但也留下了凤凰涅槃后的天堂般美景。

刚出港，便被涌来接站的岛民包围，很快，一个英语说得磕磕巴巴的希腊大妈开着辆小车，接走了我和另外两个美国游客。选择去她家的原因是，她说她的家庭旅馆距离费拉车站仅有八百米——那就意味着溜达着就可以走去了，还有什么可犹豫的？我们立刻随她而去了。

我一见那美丽的家庭旅馆就钟情不已，雪白的墙，蔚蓝的顶，一株玫瑰树开得正艳，轻风掠过，便吹成梦幻般的花瓣雨，此外，还有独立卫浴和碧波荡漾的游泳池。经过一番讨价还价，最后的结果是一晚上二十欧元，算是理想与现实结合的完美典范。

可是，当我怀着轻松的心情“溜达”那区区的八百米时，不由得唤起了曾经在天山深处当自虐驴徒步的往事——当时，我们找不到路，不断问山中骑马的牧人，目的地还有多远，牧人的回答永远是五分钟，然后是一个又一个令人绝望的五分钟，永远走不完的五分钟……看来那个大妈用了一样的衡量尺度，传说中的八百米，让我们顶着烈日的曝晒走了四十分钟，还是没看到目的地……尽管走在海天一色的美丽风景中，但干燥还是诱发了我的过敏性鼻炎，在一路喷嚏和郁闷中，我们艰难地“跋涉”到费拉的车站。

晚了！我眼睁睁看着一辆塞满了游人的巴士绝尘而去……

打听到20分钟后才发新车，于是我赶紧去买了一只PITA（口袋饼）填肚子，可买完回来才发现，一辆空车已经挤成人肉罐头了。接下来，还在弯弯绕绕的盘山路上颠簸了一个小时之久……寻找美景的前奏非要如此跌宕吗？

黄昏时分，最浪漫的伊亚小镇终于安静地出现在我面前。它在喧嚣中显得愈加寂静，仿佛遗世独立在人间之外。

走进这个依着火山断崖而建的伊亚小镇，那些高低错落层层相连的白色房屋，像是从山崖的伤口中蓬勃长出的蘑菇，面朝着水晶似的爱琴海，表达着令人心动的依偎……

我们走过了建于1840年的圆柱形圣十字教堂，走过了传统的希腊式风车，走过了基克拉泽斯风格的石洞屋，走过了蓝彩窗棂下绽放的花朵，走过了爱琴海的黄昏降临的第一道温柔光线……终于找到了一个白色教堂前无人的空地，旁边是锈迹斑驳的悬钟，这正是看夕落的好氛围。

站在那里朝山崖上看，远处威尼斯城堡的废墟上堆满了或坐或站的人群，都在翘首企盼世界上最美的夕落。只是这夕阳不知是否寂寞，它只管日复一日这么美着，又怎知并肩看日落的世间男女的悲喜？

明媚又温柔的余晖荡漾在海水中，金色的光芒与蓝色的海波交织纠缠，盛开出星星点点的细碎微光，每一道水波卷起的涟漪中，似乎都藏着一只闪亮的眼眸，藏着一曲心醉的欢歌，浓郁的色彩，层层叠叠尽染山崖小镇上的蓝白建筑群。

日落，如同生命中邂逅的一次美丽的意外，明明已经遇见，却又背道而驰；纵使千般留恋，万般不舍，仍是无法挽留地一点一点坠向大海。

不过一支烟的功夫，夕阳便只剩下半轮了，大海被这最后挣扎的光芒浸染得愈发绚烂，却是盛极而衰，锐气收敛，蓬勃之后，渐渐摇曳微弱，炫金转为橘红、桃粉、深紫直到墨蓝，那时的夕阳已经完全藏匿于海平线之下，光线被暮色收拢，海边的伊亚小镇瞬间变了模样。

弦月挂在白色的小岛上端，清凉的月光铺在石板砌成的小路上，灯光一盏一盏从穹隆似的窗子中点亮。一扇窗一世界，悠扬的钢琴声飘出来，与海风轻轻呼应相和，许多流浪的大狗和猫咪，擦着我们的腿走过去走过来。行走在这样的场景间，分不清是现实还是梦境，是前世还是今生，令人忘却自己，以为自己只是爱琴海中一尾鱼，伊亚镇上一缕风，伴随着日出日落，潮汐去还，便已真心满足。

绝不能接受未奋斗过的自己

我可以接受失败，但绝不能接受未奋斗过的自己。

世事大抵如此，计划似乎总是难以实现，通盘都是为了另一个目标准备的。想起大学时，安老师给我们讲的，康德的无目的的合目的性。

天空澄澈，阳光锐利，微微潮湿的东南风。

本来准备去野生动物园，路非常不好走，两边的农田几乎挤压到路中央，走了一半，突发奇想去滑铁卢，迅速改道，把车开上了前往布鲁塞尔的高速公路。

滑铁卢响当当的名声，无疑是拿破仑带来的，不然谁会想到来这个其貌不扬的小镇呢？

战争遗址非常好找，远远便看见形似于埃及金字塔的人工绿色丘陵。接着便能看见旅游中心的大指示牌，分别标注着英语、法语、荷兰语、汉语和日语。能在欧洲的景点看见汉语的解说实在不多见，可见来欧洲旅游的中国人已是不可忽视的规模。

一百七十多年前，面前这片宁静的庄稼地，是广阔的战场，七个国家的约三十万士兵曾会战于此，就在这个丘陵附近，法兰西帝国的皇帝拿破仑一世率领的法军横向组成队列，而联军统帅英国的威灵顿公爵率领的英军则在离此地一千五百米处，背向蒙萨恩·杰恩村，和法军相对，组成横队。在法军的背后，在拉·柏路阿里昂斯农场，拿破仑和他的火炮队已经构筑起阵地，拿破仑手下的大将内伊将军率领的骑兵横冲硬撞，但却陷入洼地无法前进，趁这个机会，英军攻入法军阵地内。

仅仅半日的战争，至少五万人血溅当地，并且，百战百胜、威震欧洲的拿破仑，因为这一仗的失败，彻底失去了自己的资本，不久之后，他宣布退位，并且后半生都在一个荒凉的小岛上度过。

是什么导致了滑铁卢惨败？一直到今天都众说纷纭，但人们知道这场战役，拿破仑做出了比以往各战役都详细的行动计划呢！不仅斟酌了进攻方案，而且也充分估计到面临的各种危险，他知道自己的危险来自普鲁士援军，于是他派出自己手下的大将去堵截普军。

甚至战争开始后，法军也表现出了不错的气概，在两方相持不下的时候，谁先得到援助谁就得到了胜利，可惜，法军看到的那支军队，恰恰是拿破仑事先最担心的普鲁士援军……

在这个令五万士兵魂无所依的血腥战场上，我们已经很难感受到战争的残酷，以及生命被视作草芥的悲哀。所有的一切，不管是弥漫的硝烟，还是厮杀的呐喊，全部被时光之手轻易拂去，如今，夏草和士兵们不过是梦的痕迹。而那场欧洲历史上重要的战争之一的滑铁卢之役，以及小个子将军拿破仑，却被人们清晰地铭刻在历史之墙上。

雨果说：“失败反把失败者变得更崇高了。倒了的波拿巴仿佛比立着的拿破仑还高大些。”

失败了的拿破仑，成为了人们心中的悲剧英雄，不过这里纪念拿破仑的，是旅游中心对面的小小铜制雕像，不是我们想象中的四十五米高的丘陵顶部的狮子铸像。而这尊狮子铸像，只是为了纪念1826年荷兰、比利时军的指挥官奥朗日王子负伤，将战争中使用过的武器融化铸造而成。在前来游览的人们心中，这尊雕像就是纪念拿破仑的，战败的拿破仑倒像是真正的胜利者，狮山并没有使人们记住胜利者，反而更加深了对失败者的感怀。

尼采说："人的精神有三种境界：骆驼、狮子和婴儿。第一境界骆驼，忍辱负重，被动地听命于别人或命运的安排；第二境界狮子，把被动变成主动，由'你应该'到'我要'，一切由我主动争取，主动负起人生责任；第三境界婴儿，这是一种'我是'的状态，活在当下，享受现在的一切。"

拿破仑实现了命运的前两个境界，也倒在第二个境界上。他的辉煌，来自于建立了一个看似不能打破的枷锁，他的失败；也是因为那个过分的重量搅乱了人类命运的平衡。

滑铁卢虽然著名，但所有去过的人回来之后都对我说，非常没意思。而我，非常相信诸位的评论，以至于错过多次，无丝毫遗憾。

那为什么人们还对这样一个没意思的地方趋之若鹜？仅仅是因为一个失败的英雄在那里遭遇了失败。可能比起拿破仑，很多人没有失败过，那是因为，他们也没成功过。我可以接受失败，但绝不能接受未奋斗过的自己。

稍微留一点儿遗憾才完美

时间很短，天涯却不远，往后的一山一水，一朝一夕，都得自己安静地走完。

期盼已久的暑假里，我们三女四男，租了一辆七人座的大众夏朗。这辆深蓝色的柴油车，是一辆只跑了一千公里的新车，内部舒适，音响效果也不错，诸位都再满意不过，我们放了一千三百欧元的押金和一张留学签证才提到了它。除了没有租到导航外（因为换了车行，而这家没有导航），一切看上去都是很完美的。

曼海姆在历史上曾是一个文化名城，它的周围盛产葡萄，连锁反应便是也盛产美酒和醉鬼。

我们来到这里，是因为它是德国经典路线古堡之路的起点。古堡之路，从德国的曼海姆起，到捷克的布拉格止，各式各样的古堡以及金碧辉煌的宫殿贯穿始终，想必大有看头，沿着古堡周游一圈，怕是能再写一部《爱丽丝漫游奇境》吧！

到曼海姆的第一件事情，便是找厕所。17世纪时，腓特烈四世在曼海姆修建了军事要塞“腓特烈堡”，当年的方格状街道被保留至今，中心城区的方正布局犹如一面巨大的棋盘，我们左突右冲迷失其中，狠狠品尝了一把做棋子的滋味儿。

好容易在幽深的小街道找到了一幢看上去古老堂皇的教堂风格的建筑，进去后才发现居然是一个幼儿园。好豪华奢侈的幼儿园！门口有两个漂亮的小姑娘，估计是犯了什么错，在门口嘟着嘴罚站。

我们不管三七二十一地冲过去，问她们厕所在哪里，两个小姑娘虽然心情不好，还是给我们指了洗手间的方向。内急一解决，我们才放松心情，向幼儿园的老师问路。

曼海姆实在不太著名，加上我临行前准备功课做得不足，只知道这里有一个选侯宫，是全欧洲最大巴洛克式风格的宫殿，可并不知道英语或德语名称是什么，只能按自己的意思翻译成著名的宫殿。那个老师倒也理解了，热情地比画着给我们讲了一堆左拐右拐的路，我们晕头转向地道谢出门，又重新走上了蜘蛛网般交错的小巷。

欧洲几乎每个城市，都会有一个摆设在广场上的小市场。曼海姆也不例外，有丰盛蓬勃的花市和水果市。

结果，从头到尾，我们也没见到什么选侯宫的真容，倒是找到了另一处华美的建筑。建筑前方是宽阔的马路和电车道，以及一个带喷泉的花园，门口的两侧放着的雕塑，类似于埃及的狮身人面像。不过明显是女生版的狮身人面，最搞笑的是，其鼻孔里还有一串白色的鼻涕一直淌到嘴角。这也太萌了吧？

顺楼梯到位于建筑半腰的露台，可以俯瞰四周的景色。发现有个地方，那里有巨大的水池，绿色的长廊，怪异的雕塑，不管是建筑本身、建筑附带的雕塑，还是两侧的园林，全部呈现对称性。到现在我也不知道那到底是什么，说不定那正是传说中的选侯宫。

我们决定留点儿遗憾，摇下玻璃，放着震天响的音乐，在曼海姆城市里兜了一个圈，便离开了这个忙碌的海港和优雅的巴洛克建筑、现代化大厦和古旧的幽街窄巷——充满着明显对比的城市，朝海德堡方向而去。

我知道我终将会带着一些遗憾慢慢地老去。

遗憾的是，所有的旅伴和风景都是暂时的，我终于还是要自己走完全程。

心底最温柔的想象

繁忙得近乎无聊的时光过后，我渴望的，不过是朴素的奢华。

海德堡曾是我心底最温柔的想象。多年前，我疯狂迷恋龙应台的文字，辛辣犀利，幽默俏皮，却又直指人心。记得她有一篇小说，便是《在海德堡坠入情网》，单单是这样一个名字，已经宛如划裂寂静夜空的闪电，哗啵作响地在心湖中荡漾出层层涟漪。

那时候，德国离我如此遥远，我甚至不敢肯定，直到我鸡皮鹤发之时，有没有机会依偎在海德堡的河边喝一杯黑咖啡……

海德堡，这是个怎样的城市？在这里，文豪歌德坠入玛丽安娜的情网，低低吟唱；雨果也在说，在这个城市，我无法自拔；连马克·吐温也无法抵挡海德堡的魅力，写出《海德堡之邂逅地图》。

车进入老城，过桥，沿着穿城而过的莱茵河支流内卡河飞驰，一片又一片翠绿被甩开、洇湿、弥散……空气中植物的清香如影随形，而那条静静流淌的河，就在我的右侧，不疾不徐，仿佛等待了我有一千年那么久。

那么久的日子里，是不是一直在等待？我站在河对岸，似乎毫无防备地跌入一副浓墨重彩的油画，却没有不速之客的冒昧，因为我分明已是这画中的一部分，从来不会突兀，从来不曾分离。

午后的阳光斜斜落在水面，远山中白墙红瓦的民居，童话般的尖顶教堂，郁郁葱葱掩映不住的恢弘古堡，砖筑的八孔拱桥，还有悄然划过的船只。我是第一次来，然而，却似乎已经认识了它千年。

忽然觉得，海德堡的美，并不是那种美艳不可方物的妖娆之美，而是一种从容的、温柔的、舒适的、随意的美。它每时每刻，惊喜与熟悉交替，用细微之处，轻轻触碰心中最柔软的部分……

这种美丽，教人遗忘曾经，不问出处，抛却所想，放下我执，只是没有意识地融合在这片景中，成为它不可分割的一部分，我们便也成了这景中之景。

海德堡的古堡，原名伯爵城堡，是选帝侯布华兹公爵维斯巴哈家族的居城，自十三世纪动工，历时400年，直到十七世纪才完工。几经扩建后的海德堡，不惟风格独特，有宫殿和花园，还有防御工事，成为欧洲最大的城堡之一。

可惜物极必反，这里的主人将女儿嫁给法国国王路易十四的弟弟奥尔良公爵后，竟然遭到了一次致命的打击。1693年，法王路易十四想强行将弟弟奥尔良公爵推上选帝侯的位置上，趁机拓展版图。于是，两方展开了战争，在这场德法战争中，城堡遭到了毁灭性的打击。战胜后的法军搬来大批炸药，但炸了两次，城堡的一半还是屹立不倒，法军只好放弃。

如今，城堡成了夕阳下凄美的剪影。从外观看去，建筑气势依旧峻拔浩大，但实际已经衰破残旧，大半坍塌。

“原来姹紫嫣红开遍，似这般都付与断井颓垣。良辰美景奈何天，赏心乐事谁家院。”没人能够算清，屹立八个世纪的风霜，这里曾辗转过多少风月故事，只是此刻全部烟消云散，只有屋顶上滋生着寂寞的杂草，在微风中轻轻叹息。昔时辉煌的过往，只能从断垣残壁和存余的卫士神灵石雕中去揣测猜想。

在荒草丛生的城堡中穿行，有种恍然隔世的感觉，没有什么是可以永恒不变的，光阴总是飞一般地改变着、交换着、重复着、代替着……似乎永远没有止息。

然而此时此刻，俯瞰山脉环拥中的海德堡，淡淡夕阳斜抹，宁静的河流不动声色穿城而过，时光美妙得戛然而止，温柔凝固的刹那，我把心也遗失在了海德堡。

尽最大的努力过好今天

人生没有那么多的预设，生命的精彩就是不期而遇的美丽。

世界这本厚书，值得我们一生去读。走出去，你才会发现，世界上原来真的有很多很多种人，用五花八门的方式生活着。他们拥有不一样的价值观，让这个世界纷繁复杂又有趣。理解他们的，可以与之共鸣；不理解他们的人，则可以对之津津乐道——无论他们是苦行僧，是赌徒，是艺术家，是商业巨子，是农民，是隐居者，是灵修者，还是城市漫游人……

如果不去这个世界看看，我就无法遇见他们，纵然我把省下来的钱买奢侈品，也不会比现在过得更满足。

巴登巴登这个位于奥斯河谷的小城沿着山谷蜿蜒伸展，安静地躺在温柔的夕阳中，青山妩媚，溪水多情，一路风尘疲倦瞬时散尽。

巴登巴登是欧洲的夏都，又被称为欧洲的拉斯维加斯，一直都是欧洲王公贵族度假的胜地。自制的葡萄酒、天然温泉疗养池、著名的赌场、年度赛马会……这些点缀，让这个黑森林边缘的小城掩饰不住它的光芒。

不管是文人墨客，如陀思妥耶夫斯基、瓦格纳、拉姆斯，还是帝王将相，如俾斯麦、维多利亚女王、沙皇亚历山大和普鲁士的威廉，或是浪漫主义艺术大师舒曼、勃拉姆斯、李斯特和德拉克洛瓦，这些人的频频光顾和青睐有加，更是让这个小小的城市声名大振。

音乐大师勃拉姆斯曾说，他对巴登巴登永远有着一种难以言传的向往。又岂止是他，很多人都有这样的感觉，并且，这里是德国著名的黑森林的起始点。

巴登在德语里是沐浴或游泳的意思，早在公元一世纪，古罗马人就在这个山谷里发现了温泉，他们开始建造大型的沐浴场所，并称这个地方为AQUAE，意思是浴池。古罗马皇帝卡拉卡拉曾来此享受温泉，两千多年后，这里不但有以他名字命名的欧洲最美、最大的温泉浴场之一的卡拉卡拉浴场，还出现了很多各种风格齐上阵的浴池。

选择在这里住宿，一是马克·吐温说，在这里泡温泉，十分钟后可以让人忘记时间，二十分钟后可以让人忘记整个世界，那该是多奇妙的感觉呢！我很想尝试一下。二是想第二天一口气从黑森林的北部玩到南部，也就是从巴登巴登到蒂蒂湖，如此便可以看见黑森林的全貌了。

打定主意后，我发现我们竟然没有带泳衣，这就意味着如果在此泡澡的话，就得男女裸体混浴——这也是此地的温泉特色之一。如果穿泳衣，只能享受有限的池子；如果裸体，则可以享受所有的池子。思来想去，觉得自己的心理承受力确实没有达到和一群男人裸体同浴的地步，最后只好忍痛割爱。我在心中不断安慰自己，不就是泡温泉嘛，俺们新疆那旮旯多得是，还是火山温泉呢！泡得都腻了，就不凑这里的热闹了！

计划不如变化快，由于装备不足出现了第一个变动，如果不泡温泉，住在这里的意义不大。因此，我们决定离开这个天堂似的小城市，连夜看完黑森林，晚上住在蒂蒂湖。

以后的行程逐渐证明了，旅行根本不需要太过细致的计划，计划在某种意义上等同于变化，而计划之外的变化，更能给人带来意外的惊喜。

我们以为的偶然只不过是计划之内的必然，在计划之中刚好发生，然后成了意外。只是我们无法预测罢了。

所以，有人说，你永远无法预测，意外和明天哪个来得更早，我们能做的就是：尽最大的努力过好今天。

The world
is so big,
I want to
have a look

第五辑

世界那么大，
去发现人生的无数种可能

只要一份普通而完整的幸福

我们都习惯去追逐幸福，但也许，我们拥有的，已经是最切实的幸福。

读《浮士德》的时候，我知道了浮士德是在弗莱堡附近的施道芬被魔鬼谋杀的，歌德的生花妙笔，让弗莱堡这个名不见经传的小镇举世闻名。这似乎是弗莱堡在我未抵达之前，留给我的唯一印象了。

夜深时赶到弗莱堡，这个城市只留给我一个夜色中寂寞的影子。没有过多炫目的霓虹，也没有喧嚣的音乐，只是墨一般的沉默与寂静。

于是，我们决定当天晚上赶到新天鹅堡所在的小镇菲森。

有时候在想，上帝在指引人们纷纷奔向自己去处的时候，一定会犯一些错误，比如手指头不小心一勾，本末倒置，这种错误便造成了所谓的阴差阳错。寻常百姓感叹人生不如意事十之八九，总会艳羡帝王家，似乎华丽的身世可以稍稍削减一些在底层挣扎的遗憾或痛苦。但是那些寂寞的君主呢？他们就果真可以拥有世间的一切了吗？身处琼楼玉宇，不过是高处不胜寒的凄凉吧？

那些繁华哀伤终成过往，平凡不过是为了最美的荡气回肠。

新天鹅堡，名字如天上宫阙，高高在上，云雾缭绕，却叫人有一种不能抑制的孤绝凄清之感。这应该是最像童话的城堡了，中古哥特式细长高塔的风格，充满着德意志浪漫骑士的气质，骄傲地站在隶属阿尔卑斯山脉的一个近一千米的山顶上。更何况她是纯白色的，挟带着一种虚幻的仿佛不食人间烟火的风情，那个时候，我就像是爱丽丝，正不小心路过一个美轮美奂的梦境。

这个城堡的主人，是巴伐利亚国王路德维希二世，一个骨子里充满浪漫的人。说到他，想起的却是中国的一位皇帝，南唐后主李煜，两个人经历的时代似乎没有可比性，但两个人的相同之处是，都乃不务正业的国王，怎一句“春花秋月何时了，往事知多少”可以囊括他们的风流平生呢？

一个醉心诗词艳曲，苟且偷生于江南一隅，最后做了亡国之君，四十二岁生日宴会上被宋太宗下了毒药将他毒死，一生辗转流离令人扼腕；另一个疯狂爱恋瓦格纳的曲子，为他的戏剧着迷，对国事反而不上心，实在是个不负责任的国王，四十一岁生日后与随从出游，离奇失踪，据说是莫名其妙淹死湖中。这两个人，都是属于阴差阳错生于帝王家，偏好浪漫和文艺，且死因离奇。

至于新天鹅堡名字的由来，源于著名的茜茜公主，她是路德维希二世的表妹，后来成为了奥地利的皇后，她在城堡竣工后，送给路德维希二世一对天鹅，新天鹅堡由此得名。

路德维希二世的情感生活，与他的这位表妹一样不幸。他一生未婚，唯一的一次订婚，让他兴奋得向瓦格纳炫耀，可没多久，又取消了婚约，他从此再未结婚。

走在华丽的城堡中，看着金碧辉煌的屋顶，穷极奢侈的摆设，还有从窗口望出去，远方交错的田地、湖水以及田野中红色的小房子，想着那个孤独的国王，就那样坐在金丝绒椅垫上，靠着窗口，眺望远方，沉默或叹息——我的心里竟然满是悲悯。

路过一间又一间大的厅堂，那是路德维希二世的更衣间、书房、办公室、卧室……每一处都巧夺天工般精致，床的顶部弄成蓝色的天空状，还密布着闪亮的星辰，有一间屋子设计成人造山洞，幽深且安静，还有那些壁画，费了多少心思在其中，实在难以想象。

只是，越奢靡堂皇，越寂寞孤单，这个国王，孤独地生活在这么大的城堡中，他会想些什么？张开口，会不会是空荡荡的回音；望远方，会不会是冷清清的空旷；闭上眼，会不会是黑黢黢的寂寞？这说不清道不明，无处不在、无时不在的凄凉啊！

在最大的演出大厅，导游机在耳畔伴着音乐对我倾诉，国王常常就在这个绮丽的大厅中，独自听着瓦格纳的曲子，面前点着六百只蜡烛。我看着空无一物金灿灿的大厅，想象着国王置身其中，闭上眼，烛光闪耀在他微笑的脸庞，乐曲环绕在他的耳畔，突然涌上了无限的心酸。就是那一瞬间，眼睛里竟然有温热的液体，我也不知道自己为什么会为这个死去很久的国王的孤独而落泪。寂寞给人的感觉，即使时空相隔，依然感同身受。

李煜丢失了国土，却在颠沛流离中使自己成为了“千古词帝”。和李煜一样，尽管路德维希二世被当时的人所诟病，但他却留下了美丽的新天鹅堡，每年可以吸引五千万游客，由此带来的收入，造福了这里的人们。

很难说好与坏、善与恶的标准，因为随着时间的流逝，往往会发生逆转。

冯唐说过：“文学，很了不起，和码字没关系，和年龄没关系。李煜说：‘林花谢了春红’。一千零五十年间，多少帝王将相生了死，多少大贾CEO富了穷，多少宝塔倒了，多少物种没了。”

世事沧桑，能留下的，反倒是李煜的诗词和路德维希二世的音乐及新天鹅堡。

我想，天鹅堡于我，仅仅只是一个梦境，而梦境总是遥远的、缥缈的、不真实的。她只能站在郁郁葱葱的高山之巅，代表着某位国王浪漫却曲折不幸的一生，却永远不可坠落凡间成为寻常人的期待。她就如我们每个普通人都曾经期盼幻想过的生活，可那仅仅只是美丽的幻想。

我也曾希望自己是一个公主，可是真正的公主所要承受的压力和心酸，是我根本无法想象和探究的，茜茜公主仿佛用自己的辛酸经历诠释着“红颜薄命”这个词。相比之下，还是做一个普通的女孩子比较好，能够获得最普通的爱情，最普通的生活，最普通的成长过程，以及最普通的幸福——但那是一种最真实的铺天盖地的幸福。

又是一个轮回的期待

陌上拾得旧花钿，才能知昨日有美人在此经过的。而我，终将是要等着你的，即使我不喜欢等。

人是活给自己看的，有时候，我们做错事，只是因为该用脑子的时候却动用了感情。

读书，不过是为了让我们更宽容地去理解这个貌似复杂的世界有多简单；行走，不过是为了证明，这个世界，你可以说走就走，说回就回，只要你有足够的决心。

在这里，我只想说，没有丰富多彩的经历，不足以谈人生，所以，宁愿去疯去爱去浪费，去梦去追去后悔，也不愿滞留在原地等待奇迹。

不管是巴黎、阿姆斯特丹、布鲁塞尔还是法兰克福，从来没有一个欧洲城市，有维也纳给我的那种复杂的感觉。

到了维也纳市区，那是个黄昏时分，第一印象感觉非常失望。不知道是不是因为维也纳与维纳斯的名字太相像，总觉得维也纳应该是一个美丽得不像话的城市，期望值一高，难免大失所望。地上是乱七八糟的电车轨道，天空上是交错的电线，建筑四平八稳，看不出艺术的样子，而且，堵车堵得一塌糊涂，让我不禁想起了我们伟大的首都北京，想起了如停车场般的二环三环。冲这个堵车程度，我们可以断定，自己终于进城了。

如此真实地站在欧洲的土地上，触摸到这个简单又纯粹，仿佛最能代表欧洲历史和现在的城市，而这似乎又是自己的想象，清晰又模糊，仿佛一个梦境。

我不打雨伞，拉过连帽衫上的帽子，走在灰蒙蒙的雨中，周围的人群和建筑，都是我梦中的布景，而这整个世界，就像只属于我一个人的舞台。

看来，真正了解一个地方，与了解一个人同样不易，仅仅从一个层面角度来判断，只能获得断章取义的结论。

而维也纳，向我毫不吝啬地袒露毫不遮掩的风情。她可以让我迷茫，并忘记自己，以为这是一个施了魔法的城市。尽管第一次来到，却对街头巷尾没有陌生，看去熟悉如掌纹，却似乎随时能丢失在纵横交错的小路上。

不知为什么，我觉得这是我最爱的城市，宛如有千万种感觉想要倾诉。如同面对爱人，心如撞鹿，每一次撞击都延伸出百转千回的滋味来，却无语诉说，喜爱写满整张面孔，可才下了眉头，却又上了心头，如此跌宕起伏辗转腾挪，还是难以表述，只能指指月亮代表我的心。

游走在这个城市，乐声四起，她是多瑙河女神的音乐之城，每个角落都有飞翔的音符，不管是街边艺人的风琴，还是咖啡馆里的歌声。维也纳的名字果然始终和音乐连在一起。

那些从城市深处传来的声响：海顿的《皇帝四重奏》，莫扎特的《费加罗的婚礼》，贝多芬的《命运交响曲》、《田园交响曲》、《月光奏鸣曲》、《英雄交响曲》，舒伯特的《天鹅之歌》、《冬之旅》，约翰·施特劳斯的《蓝色多瑙河》、《维也纳森林的故事》……它们就是在这潮湿甜润的维也纳空气中诞生，而我只想深深呼吸，让那些天籁之音流淌在血液之中……

这个让我钟情的城市，纠结着数百年的起落，我不知道自己是不是已经回到了17世纪哈布斯堡家族兴盛的那个时期。我，安静地见证着，巴洛克、洛可可风格席卷的维也纳，夜夜笙歌华尔兹时代的维也纳，复古风潮回溯的维也纳，分离派新锐艺术家重启的维也纳……维也纳，四周环绕着维也纳森林的维也纳，多瑙河穿城而过的维也纳，大气恢弘又精致细腻的维也纳……这雨中的维也纳，她在我面前，点头，屈膝，抬颌，举手，投足，旋转，舞蹈，华丽旋律昂然响起，任谁都甘愿臣服。

我想，也许过很久之后，我才能抑燥，用一只顺畅的笔，书写只属于我一个人的维也纳。只有时间才能帮助我沉淀、平静，然后回忆我奔跑在维也纳的雨天，所看到的种种奇特的情景。它们曾经被时光抛弃，定格为陈旧的历史。它们泛着潮湿烟黄的光芒，却无法让我遗忘。我眼睛看到之处，手指指向之处，它们又重新熠熠生辉，宛如重生。

我经过它们，爱上它们，而我又离开它们，朝相反的地方狂奔而去，离它们越来越远。可它们，将永恒地存在下去，那是又一个轮回的期待。

我在追求我所欠缺的勇气

时间是唯一的看客，所有的过程和结果，都只能由我们自己担着，无论是苦是乐，是悲是忧。

若干年前，当我还是一个小孩子，学的第一首英文歌曲，便是电影《音乐之声》里的那首《多来咪》，记得玛利亚和孩子们，围绕着一座华美的喷泉，边跳边唱，优雅的旋律和黑白的画面，即使被残酷的时光之手拂过，却依然清晰地流转至今……

这个世界上，还有什么可以敌得过艺术的力量，似乎只有它，才有资格与时间或者死亡抗衡。

那时，音乐之声，是离我多么遥远的一个梦想！从没有想过自己有一天，可以真正地站在这座17世纪末的盛大花园，回忆电影，重温旧梦。

一切如此真实，耳畔还是《多来咪》的歌声，我似乎从未长大，可分明十几年的光阴呼啸而过，我逃离了我的童年，又与少年擦身而过，面对着我的青年，即将朝我的未来奔去……

这样的幻觉，使米拉贝尔花园在七月的阳光中分外神秘妖娆。它离我远隔万里，却仿佛见证了我从小时候第一眼见到它，到现在真正地置身于它的全部时光。那些忧伤又甜美的时光，飘散在花园浓郁的花香中。

这座巴洛克式的大花园，暗香汹涌，暧昧浮动，当年美丽的主人莎乐美是大主教沃尔夫的情人，大主教邀请著名的建筑师设计了这个完全对称式的花园宫殿。宫殿的每一扇窗子，都遥望着萨尔河畔的霍亨萨尔斯城堡，那里是大主教的所在。情人的眼睛，无时无刻，无处不在，温柔多情的目光让花园与城堡坠入一张爱情之网。

米拉贝尔花园，后来成为电影《音乐之声》的外景地，这种浪漫的地方，似乎永远与爱情脱离不了干系，米拉贝尔宫殿现在是萨尔斯堡市政厅。在拉菲尔·多纳建造的天使阶梯的衬托之下，风格华丽的大理石大厅成为今天世界上最美丽的婚礼大厅之一。

或许是莫扎特和他的爱人曾在这里共舞，引得来自世界各地的男女前来此处登记结婚，见证彼此的爱情，感受中古时代的婚礼马车、鲜花音乐以及莫扎特巧克力。

即使婚姻是爱情的坟墓，人们也愿意以这里为入口，幸福地走入。

走在葛特莱德老街，人群熙熙攘攘，中古时代老铁艺的商号，深具艺术格调的古老连拱廊，门牌为9号的房子，是莫扎特出生的地方，连接古城新城的桥边，一座小银行，是卡拉扬的故居。在这些历史至少三百年的建筑中穿行，我很难描述自己的感觉，印第安人的竖琴，广场上的风琴，教堂的钟声，缺一不可，才能造就这座音乐之城。

音乐仿佛上帝赋予人类的宝藏，那些暗藏深埋的宝藏，一直蛰伏在我们的灵魂深处，也许一生都难以挖掘。但在萨尔斯堡，似乎总有什么神奇的钥匙，或许是一声“芝麻开门”的咒语，那些铮铮淙淙的音乐便喷薄而出。

且不提这里铸就多少音乐神人，单是一个偶然便是一段佳话。传说1818年的圣诞节，萨尔斯堡州小镇欧本朵夫小教堂里唯一的管风琴不慎坏掉了，约瑟夫牧师不能让圣诞弥撒没有音乐，急中生智，便让他的朋友、邻村的小学教师弗朗茨将他两年前写的一篇小诗谱上曲子。在两天后的平安夜弥撒上，弗朗茨弹着吉他，和约瑟夫第一次演绎了这个曲子。脍炙人口的《平安夜》便诞生了。

听着这些传奇，总觉得只有在萨尔斯堡这种人杰地灵的地方才有可能发生，上帝也专门以这个古老的城市，作为打开音乐宝藏的关键钥匙。

在古城区里游荡，风格不同的广场、教堂、喷泉、雕塑，一件连着一件，马车从我面前奔驰而过，面前的情景招摇着中世纪的风情。仰望天空，光线忽明忽暗，云朵疾速流淌，萨尔斯堡就如一首缠绵老歌，叫人忍不住心神荡漾，只想静静地坐在一角，看着五彩喷泉扬起的水珠，想一些悠远的旧事。

想到十几年前的自己，还是一个倔强、叛逆又绝望的小孩，在本该无忧无虑的童年中，却有那么多无以诉说的痛苦。每天都在盼望着长大，却又觉得那是一条没有尽头的长路，甚至想过自弃，写过长长的布满泪痕的遗书，那个时候，我不爱自己，也不爱这个世界。

当我可以管理自己，决定一些事情后，才摆脱了作为孩子的束缚。这么多年来，我一路走过那么多地方，看过那么多风景，学习宽容与爱，在行走中，做到了真正的脱胎换骨。就像《音乐之声》中，玛利亚说的那样:“我在追求我所欠缺的勇气。”

从前那个压抑绝望的小孩子，我与她告别在风中。当我背着行囊行走四方，从来没有像现在这样，觉得自己如此快乐，如此自信，如此强大，如此幸福，如此充满力量。

成长其实是痛苦的过程，但痛苦蜕变之后，便出现了崭新的、独一无二的我。

有时候想，旅行给予每个人的意义都是如此不同，给予我的那一种，叫作重生。那不仅仅是你到了一个景点，这一部分时光，也构成了你人生的一部分，尤其是突然抵达一个多年前曾经期盼过的地方之后的那种完成的自信和独立的判断，不断给予我心灵的力量。

我宁愿去疯去爱去浪费，去梦去追去后悔，也不滞留在原地等待奇迹。

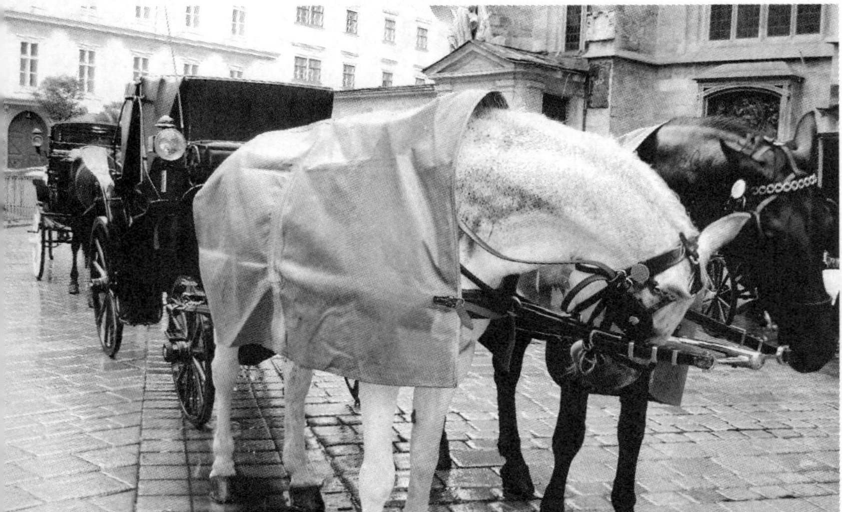

在异国他乡，畅快淋漓醉一场

真正的忘记，并非不再想起，而是偶尔想起，心中却不再有波澜。

品酒也可见一个人的生活态度。一个人如果游戏玩耍，品酒饮茶，交朋结友，都能如奉大事，庄重潇洒，了若指掌，深获妙趣，那天下还有什么事可以为难生命呢?

一直很喜欢武侠小说中闯荡江湖的侠客们，诗酒趁年华，仗剑走天涯，杯酒人生能倒映出天地乾坤。在异国他乡，畅快淋漓醉一场，酒香飘散在漫漫旅途，每次想起都会有微醺的美好。

没去慕尼黑之前，总把它想象成中国古代纣王建的那个酒池肉林，好像远远地就可以看见一片酒精之海。我们划着橡皮艇进去，渴了，掬一捧香喷喷的美酒来喝；饿了，揪一块路边树上挂的香肠来吃。这么一来，慕尼黑简直可以等同于天堂嘛。

不过这个天堂，应该是相对于能够从酒中品出美妙世界的人吧！对于闻酒丧胆的人来说，莫名其妙浸入一个酒世界，只怕会觉得自己来到了地狱。

我心中的慕尼黑，介于天堂与地狱之间。

一方面因为自己并不那么爱酒，不管喝多优或者多劣的酒，都是千篇一律的滋味，品不出个中不同美妙来，正是所谓牛饮，实在是浪费至极。另一方面因为自己确实能喝，人称千杯不倒，其实也没有那么夸张，只是源于一次大学聚会，大伙在酒吧里拼酒，我发现自己连喝了十杯深水炸弹，竟然相安无事，倒是和我一起拼酒的男同胞，集体倒下。这次喝酒经历，才把我埋藏已久的潜力挖掘出来。

但是无论如何，慕尼黑都是一个让我决定要大块吃肉大碗喝酒的地方，仿佛这样，才算真正的纵横四海，快意江湖了一把。黄昏的时候，我们向无数的人问路，沿着动物园的大象牌子指示而去，终于找到了隐藏在密林深处的青年旅馆。办好手续，发现不论男女，均是十四个人的大房间，还是上下床，我们重新找回大学时代住集体宿舍的感觉了。放下行李，一群饥饿的人便杀向美食街。

旅行之前，查询各地美食，已经对慕尼黑著名的猪手垂涎三尺，特意记录下来其德语的名称，一路都对大家念叨着慕尼黑的猪手。这种催眠大法，导致每个人潜意识中觉得来慕尼黑的目的，就是为了品尝著名的猪手。所以每个人都有一种不找到猪手绝不罢休的精神。

问了几家饭馆，都没有我抄的德语单词，感觉非常失败，不知道是不是丢了字母，于是直接翻译成英语的“猪的脚”。终于，教堂对面的一家很有气氛的小酒馆里漂亮的女招待肯定了我们的问题。

这家酒馆空间很大，客人非常多，生意这么好，味道一定不会差吧？我们挑了靠窗户的座位，七个人满满占据着一套木桌木凳，看旁边桌子没人，干脆顺手把蜡烛碗拿过来，摆了一排，在烛光轻轻摇曳的浪漫中，等着点餐。

漂亮的女招待是个亚裔，长得跟中国人一模一样，可是不会中文，不会英语，只会德语。在比画间非常遗憾地得知，猪手没有了，只有猪的胳膊肘子或者肩膀，因为她拍着自己的胳膊和肩膀向我们示意——这也是他们的特色菜。于是一人要了一个套餐：一个沙拉头盘，带一个主菜，还有他们最特别的土豆球。至于饮料，什么也不用说，一人一杯慕尼黑著名的黑啤，直接来一公斤的，喝的就是一个豪爽。

啤酒上来的时候，我被小小震撼了一下。一般都是喝易拉罐或者瓶装的，这么大的玻璃杯子还真没使过。我一只手举了举，分量太足，手发酸，这么多的液体一会儿要全部灌进我的肚皮去呀，我偷偷摸了摸肚子。可是海口已经夸出去，覆水难收啊……还在惊骇中，七只大杯子已经“咣当”着狠狠碰在一起了，好结实，那么撞都波澜不惊的样子。

再一仰脖子，冰爽的啤酒好像从起点出发，一路狂奔地抵达终点——我的三万六千个汗毛孔。那些紧闭的汗毛孔，在冲撞中，“哗啦”一下，全部张开，争先恐后地呼吸着慕尼黑妖娆的夜色，那种痛快淋漓的感觉，怎一个爽字了得？加上慕尼黑的黑啤味道确实美妙，口感滑润清醇，回味甘甜悠长，连我这种不会品酒的人，也尝出了它的好。

菜上来后，我们开始大吃特吃。猪肉和我们的卤猪肉很像，特色在土豆球，不是我想象中的土豆泥捏成的软绵绵的球状物体，有点儿像小时候玩的那种弹力球，我觉得只要一扔到地上，马上便可以弹跳起来，接着就能拍着玩的那种。咬在嘴里呢，也是很有劲道很有嚼头的口感，蘸着菜汤汁吃，风味独特，可惜非常填肚子，吃一个就已经快撑死，剩下的只有浪费了。

酒足饭饱，夜宴本该结束，刚好意犹未尽但恰到好处，不过趁着酒兴，大家便开始炫自己的酒量。

小炭说：“其实，我一直怀疑你是不是真的能喝伏特加的深水炸弹。”这句话，好像西班牙斗牛士手中的红布，呼啦一下挑逗起我的战斗欲望。我说：“那来比试比试吧。”小炭有些犹豫地说：“你来真的啊？”我笑嘻嘻地望着他说：“只要你请客，多少杯我都奉陪啦。”这句话一出，我就知道自己离喝醉还差得远嘛，知道叫别人请酒来给我喝。

我们之间的比试，让大伙都开始摩拳擦掌了，最后，除了一对夫妻——一个要开车，一个有孕在身——剩下的人，一人来了一大杯伏特加。又要了一公斤的大扎啤酒，和一个空杯子。倒进去大半杯啤酒，又把手中的伏特加丢进去。我开了先河，一口气喝干，然后把空杯子倒扣在桌子上。大伙呆呆地看着我，而我，面不改色心不跳。

气氛High上了新高潮，我们一圈喝下来，又要过来五杯伏特加，接着再五杯，然后又五杯，又是五杯……也不知道自己到底喝了多少，要知道，在这之前，一公斤的啤酒已经先下肚垫底了。这个时候，我才真正地High起来。

我想，好在我是一个太爱惜自己的人，不然绝对有做酒鬼的潜质。

恰到好处恰如其分的合适，让我既能保持清醒掌握分寸，知道什么话该说，什么话不该说，肯定不会失态或者呕吐，但又让我能够体会到那种轻飘飘的兴奋，不开心的全部忘记，记住的都是能给自己带来欢乐的事情。

所以，我不停地笑啊笑，话不多，但说出来，能让你跟我一起笑，这就叫有酒同喝，有High同享吧。唯一做过分的事情，便是扔装伏特加的杯子时，砸烂了装啤酒的大杯子，只能多给漂亮女招待一些小费以弥补过失了。

回想慕尼黑的那个晚上，我基本能从头到尾保持清醒，记得自己说过的话，做过的事，唯一不清醒，记忆模糊不清的一段，竟然是掏钱付账的那一段。

第二天，大家回忆那个晚上付账的过程，都记不大清楚了，勉强记得是我付的钱。可我竟然一点印象都没有，而且，也不记得从钱包里到底拿出多少钱来买单，只能根据钱包里的余额来计算支出额了。

回旅馆的路上，夜色沁凉，星光闪烁，路旁随时随处可遇刚喝过酒的男女，大家笑嘻嘻地大声打着招呼，好像刚从一个桌子喝完酒才散场似的。

为什么从古到今，美酒会一直流传，伴随着美诗美文，成为人们最大的慰藉？因为尽管人们都想竭尽全力把自己伪装成坚强的样子，但实际上，我们还是需要偶尔做做胆小鬼，用酒精麻醉自己，这样便可以逃避现实的坚硬，在虚幻的世界让自己柔软。在这种更真实安全的柔软中，我们可以如小孩子一样，肆无忌惮，有着天真的张扬。

慕尼黑温柔的夜色中，我这个战无不胜、攻无不克，量高八斗、千杯不倒，继往开来、与时俱进，更上一层楼的江湖酒神，在号角里渐渐地诞生了。

在异国他乡，畅快淋漓醉一场，酒香飘散在漫漫旅途，每次想起都会有微醺的美好。

让异乡的阳光照进自己的青春

看过世界之大，满眼的繁华也不过是一个苍凉的手势。

田纳西·威廉姆名剧《欲望号街车》中有一句话：“我总是依靠陌生人的善意。”这句话在美国红了至少30年。因为这些散落在旅途中的天使，才使旅途时光熠熠生辉。

有人说我叛逆，其实，我不想循规蹈矩，言听计从于自己都不成功的人。

我不知道是不是每个人都如我般，挣扎在对两种极端生活的向往中：忽而想轰轰烈烈石破天惊，渴望颠覆嚼蜡式不断重复的生活；忽而想淡而安稳细水悠长，归依于宁静顺从的随波逐流。

我不知道哪种选择能让我更满足自身的状态，但格罗宁根的阳光，以她的温柔慢慢切割着跋扈的尖锐，如果一定要人生有个收场，我宁愿选择这样淡泊的结尾，不是惊叹号，而是一串省略号。

格罗宁根是我面对的第一个荷兰城市，从地图上看，她在正北偏东的位置，离北海近在咫尺，阳光明媚但寒风凛冽。这个城市是北部的学术中心，1614年便建立了大学，11世纪开始就成为了贸易中心。一个有着悠久历史的城市，年龄镌刻在她的皮肤上，街巷如同经纬脉络，建筑如同血肉骨架，无时无处不教人感受到扑面而来的沧桑。

马蒂尼教堂在市中心大广场的东侧，15世纪的哥特式教堂。与荷兰别处的教堂明显不同的是，此处最高处是一只风信马，而其他教堂多是风信鸡，这座近一百米的教堂，墙身斑驳，但却稳当当地立在闹市之中，似有意无意为这个城市带出沉静的一笔。教堂下面便是一个熙熙攘攘热闹非凡的大市场。

格罗宁根的大市场相当有名，虽然很多城市都有大市场，但这里的大市场规模很大，除了周日和周一外，每天都有服装、日用品、古玩以及各种水果蔬菜肉类的综合集市。听说荷兰的天气总是阴云密布，鲜见今日这般的好天气，恰逢春天，整个广场变成了鲜花的海洋。

荷兰人三三两两扎堆坐在路边的咖啡馆中悠闲地喝着咖啡，各种街头艺人也纷纷出马，无论走到哪里，似乎都可以听见手风琴以及苏格兰风笛悠扬的旋律，也有踩着高跷把自己打扮得奇形怪状的人在促销。我们甚至遇见了警察当街用打气筒吹着气球送给路过的小孩子。最有趣的是，一个竞选人拦住了我们，发给我们传单，指着传单上的照片让我们投他一票。

集市的古玩蛮有特色，很多中世纪的首饰，看着锈迹斑斑，但每一样或许都有故事。不管是真是假，就那么随意铺在盒子中，足以让我们三步一回头。最让我喜欢的还是花市，一桶一桶的鲜花密密匝匝挤挤挨挨地在一起，连成一片花海，色彩缤纷，来往的荷兰人，大多手中捧着花束，还有超级特色的花盆，两条腿上盆骨处一丛郁金香，草编的仙鹤和猫男爵……想象力惊人。

让我奇怪的是，似乎全城的人都不用上班，所以跑到大广场上来闲逛。待我们转完整个广场，溜达到侧面的一条街道上的时候，发现这里完全是两个世界。头顶是明晃晃的日光，周围不见一个人，万籁俱寂，宛如夜深人静之时的空城。

我和小炭靠着坐在路沿石上，不说话，边晒太阳边吃着巧克力，心满意足地看车来车往。这便是我喜欢的时刻，心中无任何所想所念所牵所挂，手中无任何大事小事琐事闲事，只管闭着眼睛感受阳光，空气中满当当都是春天的味道。

人一生，需要苦苦奋斗，像我漂洋过海离家万里，告别父母与亲朋好友，把自己投入到一个完全陌生的环境中去；从婴儿听说读写的步骤学起，强迫自己适应周遭的一切；忍受各种不习惯和孤独寂寞，为了什么？好像也不过是为了今后能如现在这样，随心所欲，晒晒舒服的太阳，没有杂事缠身，这不已经是最大的奢侈了吗？

兜一大圈的结果，还是回到原点。可是，世间万事哪一件不是大抵如此？人生的过程，也许就是一个不断兜着或大或小圈子的过程吧！

也是为了让异乡的阳光照进自己的青春。从明天起，做一个幸福的人，我只愿面朝大海，春暖花开。

任性地想把一切留住

在小小的期待、偶尔的兴奋和沉默的失望中度过每一天，然后带着一种想说却又说不出来的懂转身离开。

洛桑处于欧洲的中心地带，无论是开车、坐火车还是经日内瓦坐飞机，都可以从世界各地便利到达，从这里出发可以很快抵达米兰、巴黎等地。

这个空旷洁净的城市只有不到十三万的人口，却生活着八十种不同国籍的人。要说环保，没有任何一个国际都市可以与洛桑相比，这里的一切均可步行参观，公共交通工具基本都是没有污染的电车。

它还是著名的奥林匹克之都，从1915年起，国际奥委会总部就设立于此。但目前最吸引我的，无疑是那个波光潋滟的湖了，它叫莱蒙湖，也叫日内瓦湖。

船坞里整整齐齐排列着无数的船只，白色的桅杆密密麻麻竖立成一片，看去颇有气势，仿佛亟待检阅的兵士。另一面没有停船的湖面，游弋着数不清的天鹅和各种叫不上名字的水鸟。

我一走到岸边，那些天鹅便静悄悄地划水凑在我身边，可以想象这里的人与动物是怎样和谐，它们完全不能想象人类会用血腥的手段将它们变成盘中餐。

朝阳渐渐升起了，湖面上如同散了许多灿灿的细碎的钻石，水天一色的明朗清澈，水鸟在我们头顶盘旋鸣叫，我们仿佛置身一个无人的岛屿，那里是梦开始的地方。

面朝澄净的湖水，坐在石堤上吃早餐，有自然的乐音、自然的香氛。

连小小的麻雀也不怕人，昂着头站成一排看我进餐，跳到我脚边吃我掉落的面包屑。朝空中扔一小块苹果，会有许多的水鸟“关关”叫着在空中争抢，恨不得飞到手心上来吃东西。

沿着湖堤是许多奇形怪状的树，有的树皮好像士兵的迷彩装，有的树干仅剩光秃秃的虬枝，但也能伸展出很艺术的姿态，我喜欢极了这些粗粗笨笨的树，不知搂着它们谋杀了多少菲林。

已是近圣诞节的冬天了，街边着眼之处，均是深深浅浅的绿意或是灿烂的金黄铁红，并不因为冬天的侵入而显出丝毫的荒芜凄凉，草坪、树木、花坛和随处可见的雕塑完美地搭配起来，随意一个角落也能拍出明信片的景致，仿佛一场视觉大餐，任性地想把一切留住。

洛桑犹如淳朴悠然的田园诗歌，这里的人们，是不是一直生活在梦幻童话中，才能让整个环境，甚至微小到一草一木，都慢慢地散出那种无与伦比的祥和与宁静？

据说八千年前，在洛桑的日内瓦湖边就已经有人生生不息了。罗马帝国时期，这里曾被叫作“罗桑那”。洛桑的建城史更可追溯到中世纪，整个瑞士最大的哥特式教堂洛桑大教堂便座立城中一处地势较高的坡地上，在1275年，就由教皇格里高利十世举行了落成典礼。

这个教堂与我去过的法国教堂、德国教堂和卢森堡教堂又有不同，虽与大部分教堂相同，都是哥特式的建筑风格，但内部的彩绘玻璃和地板上的人物雕塑，又是别处领略不到的。

最让我喜欢的，其实是走出教堂之外的平台，因为所处位置很高，可以鸟瞰整个洛桑城的风光，还设有投币望远镜眺望远处的群山森林，蓝天下一片层层叠叠的红色屋顶，屋顶的样式是典型的瑞士风格，绝对不会让人错认成为比利时或荷兰的屋顶，虽然这些国家看去都近在咫尺，可各有各不容混淆的特色。

瑞士因为是不加入欧盟的中立国，所以不流通欧元，而是骄傲地使用属于他们自己的瑞士法郎，这为我带来了极大的不方便。因为想给爸爸妈妈寄明信片，但走了许多商店都不可以用欧元买东西，好容易找了家肯收欧元的商店，但是又没有邮票卖给我们，只给我们指了一个邮局的大概方向。当我向一个老太太问路时，那个老太太本来是走相反的方向，但为了带我去邮局，绕了好几条街。我真没想到邮局会这么远，我说商店的店主告诉我只用走两分钟就到邮局了，老太太笑眯眯地说，那肯定是因为他脚丫子特别大。因为这些善良人们不断的点缀，让我更加喜爱这个奥林匹克之都。

整整一天，从朝阳初升走到夕阳西下，超过十二个小时的步行，让我的平脚板痛苦不堪，沉重的背包也使我的双肩不堪重负，紧接着又是十多个小时的长途车行，换来的是现在的全身酸痛。

其实我并不知道，自己还能进行多少次这样辛苦的旅行，充沛的精力和年轻的岁数是它的充分必要条件，有一天，我必然将告别这两件珍贵的宝贝，然而它们曾经带给我的，这些生命中的盛宴，应该是每次回味都历久弥新的吧？

就如我在这次旅行中，不断想起的二十岁那年的旅行，坐火车硬座，啃干方便面，拿着地图挤公共车，矿泉水瓶子喝完不丢重新装水利用。就那样丈量完自己梦想中的中国西部，将当时觉得不可坚持的统统坚持下来后，才能在四年后，那么幸福地微笑着回忆那些高山上舞蹈的庄稼，那个偶然邂逅的小小巴扎集市，那座高海拔寺庙中的红衣喇嘛，那群一起在路边招手拦车的民工……

浮士德里有一句话，慢慢走，欣赏啊！我想，就这样一点一点慢慢经历，慢慢欣赏它，就是生命最大的意义吧！

不要因为害怕而过坏这一生

一个人的欲望与野心有多大，决定他做怎样的事，选择何种生活方式。

世间万物都有自己的味道。盐有盐的味道，山有山的味道，风有风的味道，阳光、时间、人情等等味道，已经在漫长的时光中和故土、乡亲、念旧、勤俭、坚忍等等情感和信念混合在一起，让我们几乎分不清哪一种是滋味，哪一种是情怀。

一切的礼物，都是因为有了用心，才让人有了念想的。

送的人知道你会欢喜，用的人亦会极尽喜欢。

找一个舒适的地方住下，推窗见山见水，不必特别玩什么景点，随便走走就好，因为随处都是风景。

清晨和黄昏的空气好得你都不忍心说话。令人惊喜的是，这到处都有泉眼，山里的妇人在小溪流边哼着歌儿洗衣服，奢侈得令人忌妒。

剪水为衣，抟山为钵，我想，什么都体味过的人，才会解得其中味吧。都市里的人，其实怪可怜的，待久了，连本来水的味道都快忘记了。偶尔能解这么一点饥渴，便已经是件极难得的事。

人们在旅游时，往往喜欢买些旅行产品回来送人。但尴尬的是，送的人觉得无趣，收的人也感觉没多大意思。没有渴望，没有花过心思，平白得着不求不盼的鸡肋式福利，还连累一颗烦心去表示感激，想必，任谁也不可能心中有多大的欣悦的感激。自己一旦花了心思，一切感觉都不一样了。

我想起了《小王子》中狐狸说的一段话："对我来说，你只是一个小男孩，就像其他成千上万个小男孩一样没有什么两样。我不需要你。你也不需要我。对你来说，我也只是一只狐狸，和其他成千上万的狐狸没有什么不同。但是，如果你驯养了我，我们就会彼此需要。对我来说，你就是我的世界里独一无二的了；我对你来说，也是你的世界里的唯一了。"而小王子说："你们很美，但你们是空虚的……没有人能为你们去死。当然，我的那朵玫瑰花，一个普通的过路人以为她和你们一样。可是，她单独一朵就比你们全体更重要，因为她是我浇灌的。因为她是我放在花罩中的。因为她是我用屏风保护起来的。因为她身上的毛虫（除了留下两三只为了变蝴蝶而外）是我除灭的。因为我倾听过她的怨艾和自诩，甚至有时我聆听着她的沉默。因为她是我的玫瑰！”

因为与自己有了关，于是才在乎了起来，这不过是人之天性。

但愿，我们的内心还有那么一小块天然净土，经常被唤醒。

所谓人生，就是一连串的生命体验。隔着一个世界的你我，距离却并不遥远。因为，我正看着你看过的世界，走着你走过的路。

必须承受的，而这，也是追逐远方所要付出的代价。

The world
is so big,
I want to
have a look

第六辑

最大限度地接近
我们所知道的美好

梦想注定是孤独的旅行

我生命中的千山万水，任你一一告别。世间事，除了生死，哪一件不是闲事。闲不是你的错，当然，不闲也不是。

我不是一个多么有理想的人，但我起码知道，自己想与那些终日为伍的人有所不同，哪怕只有一点点。

你只看到我在路上的洒脱，却没看到我的压抑。

你有你的追求，我有我的选择。

你否定我不住脚的跋涉，我决定我释放的方式。

你嘲笑我智慧去撒欢，放弃休息，我可怜你不懂我心狂野。

你可以轻视我放纵不羁爱自由，我会证明这究竟是谁的时代。

梦想是注定孤独的旅行，路上总有嘲讽和质疑，但那又怎样，哪怕累得全身酸痛，也要追逐你永远不曾领略的风景。

凡是我能够做的，我都想尝试。一个真正的旅行家必是一个流浪者，经历着流浪者的快乐、诱惑和探险愿望。在这个世界上，除了脚印，我什么也不想留下。

我曾经和一群朋友自驾游历了德国和奥地利，我很享受这种群游的状态，大伙一起嬉笑热闹，几乎每天从早笑到晚。

旅行条件并不好，在阿尔卑斯山脚下的菲森，七个人挤过一间地下室；在维也纳更恐怖，我和一个姑娘挤在一张不能翻身的狭窄小床（因为这是仅剩的一个床位），一夜未眠，第二天便发烧了。即便如此，我还是沉浸在德奥之游的兴奋中难以自拔。当下的委屈，如果是早有预料的选择，你就不会抱怨。

快乐，并不一定绝对和物质有关。多年以后，你在风雨路上经历的人、事和风景，都会成为最珍贵的回忆——因为那是你亲自体验过的。

你知道自己要去哪儿，那么，一切的欢喜悲忧，便都成了丰富路程的片断。

人长大的过程，真是一个让自己慢慢变硬的过程。

没有这样的变硬，拿什么来抵抗这个世界的残忍，抑或是命运的乖张呢？

所以，当有人说他活得像一出悲剧时，我会忍不住想，若从最终结果来看，来到这个世界的每一个人，谁不是出悲剧呢？

你是，他是，我也是。

只有月光下，那些密密麻麻躺在东山上的人，寂寥，沉默，他们完成了这场悲剧的出演。

若从生命的体验来看，你能出演的一切，无论是悲剧还是喜剧，也无论是万念俱灰，还是踌躇满志，都是一种对生命的拓展。

人生之路，没有弯路可言。你所走的每一条路，都非走不可。不摔跟头，不碰壁，完不成长大。

我们山一程水一程地奔走，追寻的不仅是自然风景，还有生命的沉淀。

或许有一天，我会拄着拐杖去香山上贝聿铭设计的香山饭店，那儿有漂亮的阳台。我可以在游人退去时，欣赏香山红叶安静的一隅，体验“山气日夕佳，飞鸟相与还”的感觉；可以在儿孙的跳跃追逐中，回忆自己这一生走过的路，遇到的人，听过的故事。

有人说：为了自己想过的生活，要勇于放弃一些东西。若要自由，就得牺牲安全。若要闲散，就不能获得别人评价中的成就。若要愉悦，就无须计较身边的人给予的态度。若要前行，就得离开你现在停留的地方。

梦想，注定是孤独的旅行。

有些事，你相信才会看得到

一件事情的毕业，永远是另一件事情的开启，这倒可能是一个近乎真实的永远和永恒。

人总是在看世界的，不同的是，有的人借别人的眼睛看世界，而有的人，用自己的。我是第二种。

我喜欢每一件东西都是有故事的，都是有渊源的，都是有各种心思和精力倾注在里面的。

因为有了故事，而在琐碎平淡的似水流年里，有了一份妖娆的丰实。

这些疯狂的事，都很小，如同很多让我们疯狂的事一样。

年轻时，尽管疯得多一些吧！过去迟早会成为过去，未来也一定会成为过去。我们唯一能做的是，在人生如电影般倒带时，能尽可能地长一些，长一些，再长一些。

我想，最值得做的疯狂小事之一，是看看自己眼睛里的世界。追随自己，才是最虔诚的信仰。借别人的眼睛看世界，看到的只会是别人眼里的世界。

所以周国平说：“每个人都睁着眼睛，但不等于每个人都在看世界。许多人几乎不用自己的眼睛看，他们只听别人说，他们看到的世界永远是别人说的样子。”

我很怕老去，不是生理层面的老。我常常看到一些还未曾历经沧桑的人，总是一副曾经沧海的样子。开始滥用自己的人生经验，将经验发展成为不相信，不合作，不高兴，不宽柔。犀利的眼神和挑剔的嘴角时刻都在告诉别人，他们看透一切，否定一切。

我害怕看到这样的面容。什么都不相信了，那还有什么意思？人生总得相信点什么吧。记得在某咖啡馆看到小相框里的一句话：有些事，你相信，才会看得到。

人的一生里，会碰到很多自己不欣赏、不认可的人，而且必须与他们共事。他们可能是我们的父母、亲友、上司、同事。我们必须每一次都做出决定：是与他决裂、抗争，还是妥协、接受？

抗争，值不值得？妥协，安不安心？在信仰和现实之间，找出一条两全齐美的路很艰难，但是，再难，你都要选。

如果不甘心被这个世界的庸碌同化，那么，你要特别地相信你的自我价值，因为这是陪伴你最久的一种特性。因为有了一份独特性，脱离任何一个群体，你都不会没有机会。机会在于你的不可替代，而不是身份。

一位经济学家说："不管你的工作是怎样的卑微，你都当付之以艺术家的精神，当有十二分热忱。这样你就会从平庸卑微的境况中解脱出来，不再有劳碌辛苦的感觉，你就能使你的工作成为乐趣。只有这样，你才能真心实意地善待每一个人。"

永远的精神抖擞，永远的信心百倍，才有可能从卑微里解脱。

当我感觉自己正在习以为常里走向平庸时，我会走世间各种各样的路，把我带向各种不同的地方。

人总是在看世界，我只是不喜欢别人替我看。

VISA

那些让你念念不忘的，终归会忘记

孤独并不是寒酸，而是极大的丰盛和奢侈，奢侈到大多数人没有能力去分享他的丰盛。

唐太宗欲供僧，但僧人多无行，纠结。玄奘曰：昆山有玉但泥沙混杂；凡僧虽不降福，但修福须敬凡僧。玄奘之大智慧是：无须辨审诸界虚实，且问自心可有敬畏。

听来的一个故事，和世界无关，和看世界有关。

他的第一个女朋友是在大学时代交的，学生时代的生活与恋爱，总是格外浪漫的，因为我们，会用更多时间享受恋爱本身。如果恋爱和婚姻是两码事，那倒也无可厚非，但偏偏更多的时候，它们绑在一起。于感性的人来说，谁都要奔着舒适的生活去奋斗。

我相信，买房子，买车，开车出去游玩，是很多人的平凡而伟大的梦想之一。其实，感性的人，更能体会到奋斗过程的快乐。而生活的目标，本来就是快乐。

只是，没有物质条件是无法快乐的，所以毕业以后，他们以为，物质本身便是目标。于是，各自努力，各自生活。直到一天，她过来和他道别，很平静，他也是。他只是问她，是一起奋斗的观念改变了，还是只是相信自己受不了苦？如果观念没有改变，只是累了，那么，可以休息一下，一起出去玩，散散心。如果，已经想立刻把艰苦进行到结束，那么从此，各自安好。

她回答是后者。

所以他们分开了，而这样的分开很明了，所以除了一段时间的不适应以外，并没有带来很大的痛苦。

外在的东西，不是容易消失，就是极具可比性。你有100万，人家会有200万；你漂亮，外面还有更漂亮的。若是追求这些，人的一辈子，连眼睛都换不过来。

内心世界的不同，恰恰就构成了人和人之间的差异。

任何人的任何内心境界，都是绝无仅有的。爱这些，和谁在一起都会幸福。

记得一位心理学专家讲过：人终究是动物，由于应激性的作用，人的中枢神经随时都在把自身往所谓快乐的感受方向调节，即使你现在做着令你不快乐的事，你也会想着诸如这是暂时的，很快就会好，我是为了将来，等等。还好，快乐并不都是大象脑袋前方挂着的香蕉，可望而不可即，只要通过努力，我们就能部分或全部实现。

其实，每个人的快乐观念，对其本人来说，都是正确的。至于社会规范的，引导的，所谓主流的，可以站在会场上大声宣布的这些，往往只是一种导向。如果我们奔忙了一辈子，争了一辈子，只是做了别人想让你做到的，人生不会有遗憾吗？

当你静下心来的时候，请想一想，你做过自己真正想做的事情吗？

如果没有，赶紧做，一天也别拖。

如此，生命终了之时，才不至于哀叹一生都被人牵着走，不曾自由过。

这个世界说大就大，说小就小，就看你，怎么选择，怎么寻找。

妥协和将就，是件一开始就稳赔不赚的事，然后揹着热情，担着失望，耗上时间和精神，得到的只有更多的不得不将就。

你若能随便，早就随便了；与其如此，不必随便，不必妥协，不必将就。

你不需要别的人

你的脸上云淡风轻，谁也不知道你的牙咬得有多紧。你笑得没心没肺，没人知道你哭起来只能无声落泪。

女人，为爱而生，为爱而死。

肥肥活着的时候，我倒也没特别关注她，反倒是死亡，让我看清一个女人的一生，有繁华落尽的悲凉，也有绚烂夺目后的寂寞。

肥肥一辈子只爱了一个男人，为了这个男人事业的顺风顺水，她不遗余力推波助澜，为了这个男人想要孩子的愿望，高龄多病冒险产下女儿，但抛弃她的，恰恰是她的最爱。当初缘何在一起，尚不明了，离开的理由却是不爱了。对男人来说，轻飘飘的借口而已，女人所承受的，却是千钧之力。然后是与抑郁症、糖尿病和掉光头发相伴的日子，她独自带着女儿熬过最艰难的时光，依然是舞台上逗乐众人的开心果。

也许每个喜剧演员，都有或多或少的心理疾病，日子久了，所有的快乐，都是表演给众人看，自己的快乐却剩下不了多少。

况且，也很难分辨，什么是真的快乐，什么是需要做出的快乐。那么，纵使她人前再快活自在，有成功，有掌声，有大姐大的地位，有肝胆相照的朋友，有乖巧懂事的女儿……终究也抵挡不住十几年后不能释怀的疑问。她当着无数目光，问这个男人，过去到底有没有爱过她。不管男人有没有爱过她，这一句话已经泄漏了她隐藏的全部心思。白驹过隙，带得走时光，带不走爱，她到底还是意难平，情难逝。

这个男人一句“我很中意你”，再次让她潸然泪下。其实，男人即使从未爱过她，也会同样回答，毕竟他总不能当众承认自己当年是借位沾光。更何况心存愧疚，善意的谎言也无妨，再说了，他本来就是一个演员。只是肥肥她，都当了真。一句不知是真是假的话，一个诚意或伪善的答案，化解了她生出青苔的问号。可能，这就是爱，这就是女人。

很多问题，伴随着年纪渐长，答案可能是递进承接，也可能是转了一个圈回到原点。我以前觉得轰轰烈烈是心之向往，现在越来越觉得现世安稳才是静好岁月，不想要什么天上掉下的大馅饼，无喜无忧，无灾无祸，平平淡淡，细水长流，是最大的幸福。

就像小时候，认为对一个女人来说，才华最重要，绝对不要当花瓶。

自知不是漂亮美眉，但容貌本天成，轮不着自己选择，那么，就让自己后天的素养增添魅力。

现在，我才不会像当年那么天真了，把“腹有诗书气自华”当真。

一肚子墨水，未必敌得过一个倾国倾城。

书中内容再纵横捭阖，如果没有美的封面，便生生地打了折扣。

所以，女人爱自己的话，还是要想办法让自己美一些，更美一些！

很多女人，终其一生都在追求一个男人的“中意”。这种对归属感的需求，其实是为了获得一种情感上的需求感：感觉自己是重要的。

男性想增强自己的力量来证明自己的重要性，比如权力、财富与性能力。

女性则通过增强自己的“吸引力”来证明自己的重要性，比如美貌、才华等。但是，只要还有得选择，大多数女人一定会将美貌排在第一位。

所以，女性美容产品的销量特别大。

一切表象之下，都潜藏着一种需要：对自我价值进行肯定。

任何特定关系里，当你感觉自己不再重要时，你就会不舒服了。

这就是为什么，我们对情感关系的期望那么多。

其实，我们不知道爱是什么。

我们在说爱一个人的时候，其实是在说重要性。

归属感和重要性，是一个女人之所以渴望爱的全部。

真相就是：你不需要任何人。

你只是不知道这一点，然后把爱限制在了一个偏执的方面。从外部寻找自我价值肯定，那么，外界的任何变量，都会动摇你的安宁。

一生为别人而活着是很累的事。

艾莉诺·罗斯福说过："未经你的同意，没有人能使你感觉卑微。"

古希腊谚语也说："除了自己，没有人能够侮辱我们。"

每个人都生活在自己所感知的现实中，别人对你的看法也许有一定的原因和道理，但不可能完全反映出你的本来面目和完整形象。

每个人都不可能孤立的生活在这个世界上，很多知识和信息都来自别人的教育和环境的影响，但你怎样接受，怎么理解，却是你个人的事。

如果我们不懂得如何化解自己内心的伤痛和缺陷，如果一个人对自己的生命本来就缺乏信念，那么总有一件事、一个人，会引发生命锁链的崩塌。

一切的一切都要你自己去看待，去选择。

最高仲裁者，不是别人，而是你自己。

在“浪费”时间中获得乐趣

寂寞是一片诗意的土壤，一种创造的契机，诱发出关于存在、生命、自我的深邃思考和体验。

林清玄说：“浪漫，就是浪费时间慢慢吃饭，浪费时间慢慢喝茶，浪费时间慢慢走，浪费时间慢慢变老。”在我看来，你能在浪费时间中获得乐趣，就算是没浪费时间。

有一阵我对坐式马桶深恶痛绝，只要一想到，就条件反射般引起生理上的不适，喉头发哽以及肠胃蠕动。现在已经尽量减少喝水次数，看看我因为焦渴而皮开肉绽的嘴唇就可以证明，谁能想象它们曾经柔软如绽放的玫瑰花瓣呢？可即使这样，还是不能够与它彻底地脱离关系，和很多事物注定了终生的关联，抛不下切不断扯不完，每天还是要若干次与它亲密接触。

其实，曾经我对马桶有着非比寻常的特殊感情，尤其是坐式马桶。从来没有因为它的气味、形状以及色泽而嫌弃鄙夷它，我向来不是一个以貌取物的姑娘，深谙穿透现象看本质之道，更加不会忘恩负义，学那过河拆桥的小人。恰恰相反，吃水不忘记掘井人、知恩图报是我一贯的优良传统。

做一个有美德的人，其实并没有想象中的那么难。内心的关照，连马桶这样的小东西都不要放过，这就是所谓的见微知著了。

当然，为了证明我对它的感情绝不是肤浅的，我想谈谈关于它的来龙去脉。人坐的桶，为什么要叫马桶？这要追溯到北宋时期欧阳修的《归田录》中的“木马子”，这是对于马桶最早的文字记载。至于马桶的历史，这得从汉朝说起，《西京杂记》上说，汉朝宫廷用玉制成“虎子”，由皇帝的侍从人员拿着，以备皇上随时方便。这种“虎子”，就是后人称作便器、便壶的专门用具，也是马桶的前身。据说这种“虎子”也是受高祖刘邦以儒生之冠当溺器而受到启发才发明出来的。

关于“虎子”的发明还有另外一种说法，也与皇帝有关。相传西汉时“飞将军”李广射死卧虎，让人铸成虎形的铜质溺具，把小便解在里面，表示对猛虎的蔑视，这就是“虎子”得名的由来。

可是到了唐朝皇帝坐龙廷时，只因他们家先人中有叫“李虎”的，便将这大不敬的名词改为“兽子”或“马子”；再往后，俗称“马桶”和“尿盆”。

以后的发展，如我们所见，不管怎么演变，基本摆脱不了盆形和桶形的外观。这便是马桶的前身后事了。如果这些泛泛之谈不能说明什么的话，我还想再谈谈自己的切身体会。

再回首，我二十几年的岁月中，马桶始终如一兢兢业业地扮演着一个无物可替的独一无二的角色，它带来过多少舒服畅快，多少快意恩仇，多少惊心动魄，多少高山流水……在我心里都跟明镜似的亮堂堂，丝毫不因为时光的变迁和地点的转变而有丝毫的消磨减弱，往往是历久弥新，路遥才能知马力啊！

它跟我的关系绝不仅仅是接纳排泄物那么单纯，那也显得太过寻常落了俗套，把我与它的关系沦落成它与一般人那么的普通，是不明智的想法。它带给我的欢乐时光以及内省思考，往往是难以省略和忽视的。严重点儿说，在马桶上成长，喜忧参半，然可达到事半功倍的效果，就是说在别处想一个小时才能琢磨明白的事情，坐在马桶上，也许半个小时就醍醐灌顶般的参透了。

马桶的功能，以及它带给我的强烈冲击感受，往往让我觉得人生四大快事有巨大的缺陷。金榜题名时，洞房花烛夜，久旱逢春雨，他乡遇故知，最多只能称之为外快，真正的内快便是第五大快事——马桶夜读诗。

谁能料到，真正凝气聚神领悟书中精髓的时刻，竟然是在不登大雅之堂的马桶之上呢？可人生处处都是意外，没有做不到，只有想不到。任何事都是诌不全的，再面面俱到，依然有百密一疏。

从小到大，我已不能一一悉数，马桶辅助我看完了多少本人类智慧的结晶。而马桶也肩负着帮我择优录取优胜劣汰，从百里挑一好书的重任。

我基本得出以下结论：不能吸引我在卫生间里读的书，通常都是老太太的臭长裹脚布，或者狗屁不通丢人现眼的擦PP（屁股）纸，读之令人肠结便秘苦不堪言。而我肯带到卫生间里的书，往往承受着我对它们的巨大信任和喜爱，它们会不辱使命地协助我畅快淋漓。

面对市面上琳琅满目的各种书籍，取其精华，弃其糟粕，人们肉眼做不到的事情，马桶它却成功地做到了，汗颜呐！

想想看，臀坐马桶，遐思迩想，斯是陋室，唯吾德馨，谈笑有鸿儒（书中的），往来无白丁（现实中的，因为门插着呢），这样的时刻，寂静无声，没人打扰，久在其中又不知其臭，我往往会沉浸书中不能自拔。

我向来不是一个能集中精神力的好学生，学生时代老师的年终评语，往往是三点必不可少：一是话多，二是小动作多，三是精神集中不了五分钟。老妈为此颇伤神，以为我得了多动症，又听说吃味精容易导致多动症，从此菜中不放味精……可是，如果老师有幸看见我坐在马桶上全神贯注的小模样，他 / 她应该会激动得双泪横流吧……

老妈对我如此依赖马桶深恶痛绝，她和老爸围追堵截，防止我把书带入卫生间内。发现后撕无赦。小时候更是发生过被活活从卫生间拖了出来，书毁人伤惨绝人寰的事例。我每每与他们斗智斗勇，把书贴着肚皮放在衣服里，刚好插在皮带那儿。为了不引起他们怀疑，还故意甩着胳膊在他们面前晃几圈，然后才光明正大绕进卫生间，如饥似渴地阅读起来……

可即使这样，老妈仍然不时“咚咚”狂擂卫生间门以及不断重复“你是不是要在里面过年”之类的话语。面对这样无聊的干扰，我下定决心，不怕牺牲，排除万难，争取胜利！基本能做到目不斜视、耳不分听，如入无人之境，心无旁骛到出神入化的地步。

每当我回忆起这段不堪的历史，都忍不住热泪盈眶，生活是多么的不容易啊，随心所欲又是一件多么困难的事情啊！我可以理解：我——要——读——书！是一个孩子心底发出的最强烈的呼喊。

那时的我有一个梦想，要设计一个最前卫的卫生间，中间是舒适的马桶，四周是摆满了各种书籍的书架，顺手可以方便取得，我再也不用偷偷摸摸，跟见不得阳光的小老鼠似的……

马桶并不仅仅是读书的辅助工具，我甚至还惊喜地发现，不知是因为姿势的缘故，还是氨气弥漫的原因，居然能从某种程度上促进人的记忆能力。我试验过在马桶上背单词以及唐诗宋词，效果奇佳，与坐在书桌前背出的成果简直不能同日而语。

我很希望某个科学家在坐马桶的无聊时刻，思考一下这个原理，说不定可以获得诺贝尔化学奖。当然，即使无新书可读，我依然习惯性地拿一本读过无数遍的书坐上马桶，不看它，只是拿着，心里也觉得踏实，然后开始思考在卫生间之外怎么也弄不明白的问题。毫无疑问，依然效果奇佳。

由此可见，在马桶伴随着我成长的日子中，它举足轻重的老大地位。然而现在，我放弃了继续与它痴缠，面对一只公用的马桶，只有无言以对。我想，有些东西，注定了是极其私人的，比如牙刷，比如马桶，比如老公。公用的结果是非常令人唾弃和恶心的，我开始厌恶马桶的原因便始于此。

男人们常常没有绅士风度的不掀起马桶盖小解，而他们的射程不一，命中率不高，看着马桶盖上残留的液体、黄渍以及马桶周围湿漉漉的痕迹，我可以想象出那种水花飞溅乱舞的场景，喷泉似的，一点儿都不美，真的。我恨那些男人们，上帝应该把他们改造成坐着撒尿；我恨公用马桶，非常后悔没有随身带着一只移动坐垫……

这让我每次坐马桶之前都颇费周折的清洁一番，即使这样，坐上去仍然如坐针毡，早早提前结束罢了。这样的结果，老妈知道了应该非常欣慰，想当年，她想了多少点子，也没能扭转这种局面。

可我依然怀念我过去的私人马桶，依然憧憬我未来的前卫马桶。马桶本身没有错，错在使用它的人那么糟践它……

突然想到了一段马桶哲学：人生就像大便，一旦冲走，就不会再回来；人生就像大便，往往努力了，却只有几个屁；人生就像大便，怎么拉都一样，可每次又不太一样……多么伟大的经典段子，我敢保证这是在马桶上想出来的，所以说，马桶真的是非常伟大啊！

坚持到命运妥协

有些路，你不走，你就不知道它有多美。没有走过的，永远是路，走过的，才叫人生。

有一天，被这样的诗句打动：

巴巴地活着，

每天打水、煮饭，按时吃药。

阳光好的时候就把自己放进去，

像放一块陈皮。

茶叶轮换着喝：

菊花，茉莉，玫瑰，柠檬。

这些美好的事物仿佛把我往春天的路上带，

所以我一次次按住内心的雪，

它们过于洁白过于接近春天……

还有那首《穿过大半个中国去睡你》：

大半个中国，什么都在发生。

火山在喷，河流在枯；

一些不被关心的政治犯和流民；

一路在枪口的麋鹿和丹顶鹤。

我是穿过枪林弹雨去睡你，

我是把无数的黑夜摁进一个黎明去睡你，

我是无数个我奔跑成一个我去睡你。

当然我也会被一些蝴蝶带入歧途，

把一些赞美当成春天，

把一个和横店类似的村庄当成故乡……

第一反应就是，写得真好看，海子和李亚伟之后，居然还有诗人，梨花体和羊羔体之中，居然还有诗歌。曾经不喜欢诗歌的原因在于，总觉得唐诗宋词的时代已经把诗歌之美推上了终结的高度，不可逾越的巅峰横亘在那里，愈加衬托出现代诗歌的矮小局促、无病呻吟和苍白抽象，每当读到那些破碎不知所云的舞文弄墨，实在无法分辨究竟是一个人的狂欢，还是一群人的闹剧？

本该寂寞的事物，变得喧哗；本该清高的事物，沦落媚俗；本该深情的事物，涸为薄情；本该不朽的事物，譬如朝露……没想到，还是有人以默默书写的方式，倾注情感的温度和奇妙的纯真，向现代诗歌致敬。

于是，我迫不及待搜索了诗歌作者，并看完她的博客，原来，她叫余秀华，除了这个名字之外，还有外界给她贴的各种标签：农民，中年妇女，脑瘫患者，诗人。仿佛风马牛不相及的词语，却拼出了照片上那个戴副黑框眼镜，靠在自家平房前的余秀华，眼神拘谨，表情羞涩，身上烙着拮据、不易和沧桑。

她说："你可以想象，一个农村的中年妇女心怀锦帛地坐在电脑前面，一指敲打出文字，让它们按照我的心意组合，完成一个下午私密的旅行，这是多么美好的一件事情，美好到我心忧伤。"

但说实话，我真的难以想象，一个出生时因为缺氧造成脑瘫、高二下学期辍学、19岁被安排结了一场没有爱情的婚姻、儿子已经上大学的中年妇女，生长在偏僻贫困乡村的农民，居然能字字珠玑地表达不管不顾的爱和刻骨铭心的痛。像《诗刊》推荐中所说，她的文字像饱壮的谷粒一样，充满重量和力量。我为我的偏见和世俗而羞赧。

命运抛给她残忍的戏谑，她只觉得诗歌“不过是一个人摇摇晃晃地在摇摇晃晃的人间走动的时候，它充当了一根拐杖”，这根拐杖帮助她远行，见识了更辽远广阔的世界，也终让世人知晓了她。她的诗歌充满春天、阳光、花朵和白雪，有扑面而来的童真，更有无处不在对爱情的渴望，她自言自语，却没有沉浸在自怨自艾的顾影自怜里，好像已经低到尘埃去，却又豁然摇曳出一株奇异的植物，坚强到令人心伤，美好到令人心碎，执着到令人心醉。

她写出了内心的向往:

我得去爱一次了。

那个没有眼鼻的男人，

那个没有手脚的男人，

会为我吐出满是玫瑰的春天。

而她也足以为自己做出最好的注脚：需要多少人间灰尘才能

掩盖住一个女子血肉模糊却依然发出光芒的情意?

其实，没有什么能够掩盖一个饱尝心酸、挫败、失落及无助的女子充满天才味道的诗歌，即使生活没有给她想要的一切，她仍默默写了十六年——连杨过都等到了小龙女，她有什么理由不横空出世，更何况她从没放弃。

而让我特别感动的是，在我们所不知道的地方，有那么多可爱的人们，他们隐姓埋名，远离庙堂，藏于江湖，却做着惊天之举，展露着耀眼才华，坚持着不向命运妥协，直到我们认识他们。

就像在湖北的小村庄里织着锦绣诗句的余秀华，请允许我向她致敬。在我的眼里，她不是脑瘫患者诗人，不是农民诗人，不是中年妇女诗人，她只是诗人余秀华。

颠沛流离多年，才知生命最重

一切都经过了，一切都走过了，一切都熬过了，生命的底色里，便增了韧，添了柔。

所谓的成长，便是走过了，看过了，懂得了。

一个人也要活得像一支队伍那样有纪律，或一个人也要好起来，这样的调调，终是有些哀而落拓之感。我们总以为，一个人活不来，或者至少活得不会那么好。其实，我们的肉体和心灵，真正需要的，没有我们想要的那么多。

朋友的父亲，身体不大好，退休时还大病了一场。但朋友那阵儿，恰值事业如日中天，总是早出晚归，流转于世俗欲望，所以未能承欢于父母膝下。

当时他大约虽有愧意，但也止于有愧意吧！如果不是历经了另一个人的岁月洗礼后的沉淀，恐怕，他不会有后来的洒脱。虽然他远未通达，虽然他止于一种纯朴的相信，但他觉得，这已经足够了。

原来的他，一定和很多人一样，在日常欲望里沉沦辗转，以自私自利为理所当然，以他人亦都是自私自利，所以自己也可以持卑鄙之心行下作之事为理所当然的。毕竟，他生活在以揣摩人意的环境里。但没料到，和父亲的临终告别之后，他的性情发生了翻天覆地的变化。

他父亲的人生不乏传奇。那一年，朋友的父亲被打成了右派，全家受株连，被赶到了农村，住在别人家拴牛的草棚里。不久，朋友的父亲由于能力出众，反而当上了大队干部。

农户人家耕作困难，那一年本就歉收，又交了大部分口粮，所以每户人家都没有存粮，全赖村里库房中的粮食糊口。很快，库房里的粮食也所剩无几了，但就这样，县里还逼着他们把这最后一点儿粮食交上去。

每一个人，都疲累而寒冷；每一个人，眼神里都带着对食物的渴望。这最后一点粮食，就是全村人活下去的可能性，没有人愿意把这最后的活命资本都拿走，没有人愿意那最后一点苟且于世的欲念断绝。而留下粮食的重担寄托在了朋友的父亲身上。

那种托命之责，朋友的父亲当然懂。不仅懂，还当然地愿意承担。

迫在眉睫，万般艰难，所以，他连夜把村干部找到一块，商量如何才能保住仅剩的一点儿口粮。

在朋友父亲的带领下，大家在岗梁最隐蔽的地方挖了个地窖藏粮。另一拨人则抢收剩下十几亩地里的红薯。一切的一切，都是在夜里抢干的，不敢点灯，因为害怕被发现，他们只能在微弱的月光和星光里劳作。不敢大声说话，也不敢点火抽烟，因为怕招来查检。

为了抢收红薯，村里的妇女都下了地，前面的人割秧，后面的人则犁地，男人则往地窖里挑红薯，这种合作安排，很像流水线上的人力资源配置，完整，有条不紊。

天放亮时，终于收完了红薯收完了，藏完了粮食。大约心头重担得卸，朋友的父亲松了一口气的时候却晕倒在地头了，他是被村民抬回家的。饥饿的年代，人体生存能力的脆弱简直是生命不能承受之轻。一个人倒下去，可能就再也不会起来。

见到晕倒的父亲，一种可能失去主心骨的恐惧吓得朋友全家人都哭了。好在父亲没什么大事，很快就醒了过来。

只有经历过的人才知道，粮食就是生命，而藏粮食的地方就成了最高机密。所以，村里派人日夜站岗，以防被人发现。

有一天，轮到朋友的父亲值最后一班。天亮时，他回村里，路过村边一块豌豆地时，看见一个趴在地上的老太太。他喊了两声，她没吱声。他便蹲下身推推她，发现她已经死了，还噙了一嘴豌豆秧。

说到这里，朋友的父亲哽咽得说不出话来，好一阵后，才接着说："我回村里找了几个人把那个老太太埋了。我没有去，受不了。那天是我值班，我要是早点发现，给她个热红薯吃，就不会死了。哪怕是给她端碗热水喝喝，她都不会死。"朋友的父亲陷在了深深的自责中，也许，这种自责，已经折磨了他几十年。任何言语，都无法安抚这种悲悯。

临终时，朋友的父亲才讲出了这段他不敢回忆的往事。他对我的朋友说：一个人的肉体，其实承载不了多少欲望。生命本轻盈，却被这肉体的各种欲望团团围困，以至于我们忘记了，肉体是拿来用的，而不是拿来伺候的。

颠沛流离多年，才知生命最重。

生命没有那么多的欲望，生命也承担不了那么多的得过且过。我们不应该心安理得地让人生沦为岁月的附庸。

每一颗星星都是独立的

我们哭，因为我们深深体味到孤独带给我们的冰冷；我们哭，因为我们发现这个世界上孤独的不只自己。

很多人在一起观影，也有好处。晦涩难懂的片子，三下五除二解构得很搞笑。就好像塔尔科夫斯基的《镜子》，蛮沉重的基调，云遮雾罩地看完，被问及观后感的时候，我只能严肃地说出七个字：家里没男人不行！再问，被逼得急了，便又挤出一句：做人不能太有才。

瞧，天才都是诡异又短寿的，世人通常理解不了他们的行为和作品，但上天却已经责怪他们说得太多，于是结局大多短暂仓促，留下寥寥几部作品，供人凭吊、怀念和瞻仰，比如塔尔科夫斯基。

塔尔科夫斯基，54岁，死于肺癌，也算得上英年早逝，一生统共七部半的作品，基本上都属于难以解释、晦涩难懂的作品。

从学院派的角度来说，一个真正意义上的导演，通常都是孤独的，他们根本不能滴水不漏、明白无误地解释自己的作品，这已经把他们划归为小众的圈子。他们的镜头语言因为不带有普遍性，因此很难得到大众的认同感。更有人言语，塔尔科夫斯基的电影能被如常看懂和彻底诠释，将是塔尔科夫斯基电影的灾难。

可仅仅看过一遍，想要从中找到自己想要的，这个过程，本身也是一种灾难。大约八天前，我看了这部片子，除了难懂，还是难懂。当然，想要轻松，看一部流行的喜剧更合适，但傻乎乎地笑过之后呢，还能得到的更多吗？看这样的片子，需要个人的阅历和经历。

当我看完他为《雕刻时光》做的序，一瞬间仿佛通透了那些莫名其妙的意象结合的原因。这种通透，也许根本不是塔尔科夫斯基的本意，事实一旦被说出，它就不再是原来的事实，而这个事实被人所理解，充其量也是一种基于个人经验的误读。但当我逐字逐句看完那篇序言，眼睛里忽然涌满泪水，很多时候，该哭的时候我哭不出来，但不该哭的时候却无法控制眼泪。这不是矫情，我更愿意把它理解为一种震动，泪水因这种震动而出。

镜子是异类世界的入口，梦境是现实的镜子，还是现实是梦境的镜子，谁也说不清楚这种神秘的关联。塔尔科夫斯基把个人记忆、梦境、历史事件的胶片和苏联人的生活捏合在一起，唯美的片断画面，清澈透明如悬挂的水滴，映射出整个动荡的世界和充满缺陷的人生，风从画面掠过，甚至可以在交错和穿插中体会水滴摇摇欲坠的状态。

我很难描述它的具体情节，它是属于塔尔科夫斯基的自传体回忆录，灰绿色的麦浪层层叠叠，劈里啪啦燃烧的茅草屋，干涸的花洒下洗澡的女人，给女人洗长发的男人……他表达得迂回、私密又隐忍，这些片断只要你想，总能找到注解，但关键在于他是如何建立起这种表述的关联？是怎样寻找到它们之间有效关联的秘密？就好像北斗七星，每一颗星星都是独立的，但穿起来，我们便知道它是北斗七星。

我们长大的过程，这种独一无二的体验，伴随着疼痛、绝望和不被理解。我们听着时光如风声呼啸，所有记忆的镜头，或绵密或舒缓地令我们体会到生命的递移变幻……我们哭，因为我们深深体味到孤独带给我们的冰冷；我们哭，因为我们发现这个世界上孤独的不只自己。

“恰如从水草的颤摆，我们可以知道河川中的潮流和水压，同样的，我们从复制于镜头的生命流程也可以知道时间的推移。”

塔尔科夫斯基这样说。那么从他的镜头语言，步调迟缓的意识流蒙太奇中，更多的读到的是时光在生命中，生命在时光中，梦境在现实中，现实在梦境中，那种交错又重叠的孤独和渴望。

人与人之间，始终是疏离的，但在奔赴内省的旅程中，又是放纵决绝的，那种从头到尾孤独的隔绝，几乎让人窒息。塔尔科夫斯基的镜子，完全照出了我们成长的过程——我们的无助，我们的焦躁，我们的堕落，我们的惶恐，我们的忏悔，我们的救赎，我们追逐时光的脚步，我们始终的无依无靠悬浮的孤独。

这种深入骨髓的孤独，通过那些支离破碎的意象，得到释放和解脱，就好像整个片子开头处，是一段看似毫无意义、与影片不关联的精神科医生通过催眠对口吃患者口吃病情矫正的片断，当所有紧张的情绪和因子被汇集到手指上时，猛然释放，终于获得清晰洪亮的语言表达。

我们每个人，伴随着我们成长的孤独和焦虑，也将通过照镜子的过程来获得释放的途径。

没有什么能影响我活得精彩

长大后，越痛，却越会不动声色；越苦，越会保持沉默。

地坛，明清皇帝祭祀的地方，几百年风吹雨打地立在那里，冷眼看着朝代更替世事变迁，不想，竟是一个废了双腿的年轻人，把它变成了自己的图腾。地坛，仿佛是史铁生的地坛了，这是不是命运对他的补偿？

时间主宰着一切，它创造并腐蚀着一切，它架起了高楼和道路，又把它们全部沙化。让你出生，长大，也让你白发苍苍，颓然老去。

史铁生曾说过，一个人，出生了，这就不再是一个可以辩论的问题，而只是上帝交给他的一个事实；上帝在交给我们这件事实的时候，已经顺便保证了它的结果，所以死是一件不必急于求成的事，死是一个必然会降临的节日。

这个节日终于降临，在2010年的最后一天，世界还是那么喧哗，每个人急匆匆地扮演着自己的角色，总结着过去，展望着未来，没有人听得见他告别的叹息，他终于解脱，也终于说了再见。

而我们，你，我，或者是他，还要继续，迢迢长路，无法预见的悲欢，无法逃避的际遇，无法挣脱的注定……对这阴差阳错或不可思议的命运，感恩或唾弃。谁拿命运也没有办法，对于上天给予我们的，不管愿意不愿意，只能坦然接受。活了几十年，总算明白了这个道理，有时，倔强的心还在，但似乎已经没有了抗争的劲儿。

对于苦难，史铁生说："假如世界上没有了苦难，世界还能够存在么？要是没有愚钝，机智还有什么光荣呢？要是没了丑陋，漂亮又怎么维系自己的幸运？要是没有了恶劣和卑下，善良与高尚又将如何界定、自己又如何成为美德呢？要是没有了残疾，健全会否因其司空见惯而变得腻烦和乏味呢？"

我常梦想着在人间彻底消灭残疾，但可以相信，那时将由患病者代替残疾人去承担同样的苦难。如果能够把疾病也全数消灭，那么这份苦难又将由（比如说）相貌丑陋的人去承担了。就算我们连丑陋，连愚昧和卑鄙和一切我们所不喜欢的事物和行为，也都可以统统消灭掉，所有的人都一样健康、漂亮、聪慧、高尚，结果会怎样呢？怕是人间的剧目就全要收场了，一个失去差别的世界将是一条死水，是一块没有感觉没有肥力的沙漠。

他在生的苦难中，体会了生与死的意义，死中向生，最后死去。与华衣锦食、平安健康、无风无浪一生的人们相比，他似乎太过不幸，然而他又说："就命运而言，休论公道。"

那么，一切不幸命运的救赎之路在哪里呢？

设若智慧的悟性可以引领我们去找到救赎之路，难道所有的人都能够获得这样的智慧和悟性吗？

我常以为是丑女造就了美人。我常以为是愚氓举出了智者。我常以为是懦夫衬照了英雄。我常以为是众生度化了佛祖。

面对未知的命运，我承认自己的畏惧和怯懦，但也有足够的勇敢前行和继续。

总有一些人，生来就是为了做火炬的，照亮前路，引领方向，并赋予了我们力量。

宇宙以其不息的欲望将一个歌舞炼为永恒。这欲望有怎样一个人间的姓名，大可忽略不计。

世界还是那个世界，见证世事的荒唐可笑，人心的变幻莫测。

所以，没有什么可以影响我活得精彩。

我值得世间一切的美好

我始终相信，走过平湖烟雨，山河岁月，那些历尽劫数、尝遍百味的人，才会更加鲜亮明净。

我曾看过一部英国老片，名叫《看得见风景的房间》。

由于没有看到想要的风景，电影中的那名女子，在走进房间推开窗那一刻，满脸都是失望。

这种失望，我懂。

如果住的房间看不见风景，旅行的意义就大打折扣了。所以，有的人订房的第一句话常常是：窗外可以看到风景吗？

我喜欢在别人的风景里，看自己的人生。

我很欣赏一个朋友的话，她说，出去旅行，一定要住大吃小。住五星饭店，吃街边小吃，这种搭配，最能实现旅行的意义。

如果没有良好而舒适的睡眠，人的心情就会变得焦虑而沮丧。而一颗焦虑的心，是粗糙的、荒芜的，只有住得舒服了，才能娴静地招呼那熹微的晨光。

所以，住，要尽可能住得好一点。

为旅行做准备的时候，我大部分精力都放在了住宿的选择上。

不是一定要住五星级酒店，选一家可心的客栈，便可以为旅行加很多分。

我喜欢一个人出去走走，住复古式房子，在旧式的露天庭院，享受一份热闹喧嚣的日常里没有的安静，有时，这种安静，不免让我遗憾，像独自看到世间的美景而无人分享那般遗憾，仿佛整个世界都与你无关。

但也恰是这样一份无关，我才能仔细地享受与我有关的一切。

所有的特色菜一进大酒店，就特色全无。所以，吃，不妨吃点更有当地特色的路边小摊。可以安静地泡上一壶茶，品尝热干面、肉夹馍、小锅米线、咖喱鱼蛋、豆花泡馍、豆腐包子、文王锅盔等各色小吃……坐看日升月沉，享受于瓦屋纸窗之下品茗的逸世而居之感。

清泉绿茶，陶瓷茶具素雅齐整，若同二三人共饮，得半日之闲，简直可消十年的尘梦。

这个世界不是只有繁华堆砌，而你的人生，也不会没有出口。

我固执地认为，一个人，什么都可以没有，除了——灵魂。没有在深夜痛哭过的人，真的不足以谈人生。就像没有见过世界的人，不会有什么世界观一样。

你可以飞，不必经过任何人同意，灵魂与心的距离，与肉身与喧嚣的距离成反比。

每年里总有那么一阵，渴望消失一段时间。一个人，只有在静静行走时，才会听到自己的声音。

不必凑趣热门的风景，也不必惆怅于萧瑟的黄昏。

从晨曦之初现，到夕光之垂，便是一段人生的长河落日圆。

我们不能通过幻想改变这个世界，但是，我们可以像欣赏一件艺术品那样，欣赏这个世界。

不必思考世界在思考什么，不必计较自己需要怎么样的一个表现，我们只需要真实地存在。

你要相信，世间一切的美好，值得一看。